AF589664

1883. 7 Avril

CATALOGUE

DES

LIVRES A FIGURES

Des XVIIe, XVIIIe et XIXe Siècles

ET

D'OUVRAGES DIVERS

DONT LA VENTE AURA LIEU

Les Vendredi 6 et Samedi 7 Avril 1883

A 2 heures précises

HOTEL DES COMMISSAIRES-PRISEURS

Rue Drouot, salle n° 4

Par le ministère de **Me Maurice DELESTRE**, Commissaire-Priseur, rue Drouot, 27.
Assisté de **M. E. PAUL**, gérant de la Librairie Vve Adolphe LABITTE.

PARIS
Vve ADOLPHE LABITTE
Libraire de la Bibliothèque nationale
4, RUE DE LILLE, 4

1883

MACON, IMPRIMERIE TYP. ET LITH. PROTAT FRÈRES

ORDRE DES VACATIONS.

PREMIÈRE VACATION. — Vendredi 6 avril 1883.

Numéros.............................. 176 à 353

DEUXIÈME VACATION. — Samedi 7 avril.

Numéros.............................. 106 à 175

— .... 1 à 104

Costumes historiques des XVIe, XVIIe et XVIIIe siècles, par LECHEVALLIER-CHEVIGNARD. Exemplaire sur **peau de vélin** avec les **dessins originaux**.... 105

CONDITIONS DE LA VENTE

La vente se fait expressément au comptant.

Les acquéreurs payeront 5 p. 100 en sus des enchères applicables aux frais.

Il y aura exposition chaque jour de vente, de 1 à 2 heures.

Les livres devront être collationnés dans les vingt-quatre heures de l'adjudication. Passé ce délai, ou une fois sortis de la salle de vente, ils ne seront repris pour aucune cause.

M. EM. PAUL, chargé de la vente, remplira les commissions des personnes qui ne pourraient y assister.

CATALOGUE

DE

LIVRES A FIGURES

DES XVIIe, XVIIIe & XIXe SIÈCLES

ET

D'OUVRAGES DIVERS

I

LIVRES A FIGURES DES XVIIe & XVIIIe SIÈCLES

---

1. ARNAUD (Baculard d'). Œuvres de d'Arnaud avec figures. *Paris, La Porte*, 1795, 12 vol. gr. in-8, v. f. fil. tr. dor.

   Jolie édition illustrée de figures, vignettes et culs de lampe par Marillier, Eisen et Le Barbier.

2. BASAN. Recueil d'estampes gravées, d'après les tableaux du cabinet de Mgr le duc de Choiseul, par les soins du sieur Basan. *Paris, chez l'auteur, rue et hôtel Serpente, s. d.*, (1771), in-4, titre, dédicace, portrait du duc de Choiseul et planches gravées par Binet, Delvaux, Lebas, Masquelier, Ponce, etc., cart. n. rog.

3. BEAUMARCHAIS (De). La Folle Journée ou le Mariage de Figaro, comédie en cinq actes, en prose. *Palais-Royal, Ruault*, 1785, in-8, figures de Saint-Quentin gravées par Malapeau, demi-rel. mar. bl. avec coins, tr. dor.

   La 1re et la 5e figures sont en double, gravées par Liénard.
   La 5e figure gravée par Roi est découverte.
   Exemplaire court de marges.

4. BEAUMARCHAIS. 5 figures par Saint-Quentin gravées par Malapeau, la 5e par Roi, pour illustrer la Folle Journée, ou le Mariage de Figaro, édition de 1785, 5 pièces in-8 avec marges.

   PREMIER TIRAGE. Rosine a la poitrine découverte sur la planche du 5e acte.

5. Berquin. Romances suivies de Pygmalion, scène lyrique, et ornées de nouvelles gravures. *Paris*, *Dufour*, *an X* (1801), in-12, fig. v. rac. fil. tr. dor.

Figures de Borel AVANT LES NUMÉROS.

6. Bibliothèque (La) bleue, entièrement refondue et considérablement augmentée. *Paris*, *Costard*, *Fournier*, 1776-1783, 7 parties en 2 vol. in-8, figures de Desrais, v. marbr.

Cette Collection contient : Histoire de Pierre de Provence et de la Belle Maguelonne; Histoire de Robert le Diable, duc de Normandie ; Histoire de Richard sans Peur, duc de Normandie, fils de Robert-le-Diable ; Histoire de Fortunatus ; Histoire des enfants de Fortunatus ; Histoire de Jean de Calais, sur de nouveaux mémoires ; les quatre fils d'Aymon.

7. Boccace. Le Décaméron. Suite de 109 figures par Gravelot, Boucher et Eisen, in-8, marges.

Une figure, le portrait et 4 frontispices, sur 5, manquent.

8. Bosse (A.). Traicté des manières de graver en taille-douce sur l'airain, par le moyen des eaux fortes, et des vernix durs et mols... *Paris*, *Bosse*, 1645, petit in-8, front. et figures gravées, bas.

PREMIÈRE ÉDITION rare et recherchée.

9. Choderlos de Laclos (P. A. F.). Les Liaisons dangereuses. Lettres recueillies dans une société et publiées pour l'instruction de quelques autres par C... de L... *Londres*, 1796, 2 vol. in-8, figures de Monnet, demi-rel. chagr. brun avec coins, tr. r.

10. Costumes de dames du XVIe siècle. 22 planches anciennes remontées en un album in-fol. demi-rel. bas. r.

Recueil curieux pour les détails des costumes des dames des diverses parties de l'Europe à cette époque.

11. Costumes français du XVIIe siècle. *Rome*, *G. Giacomo de Rossi*, 1688-1697, in-fol. parch.

Collection très curieuse contenant 81 planches gravées, parmi lesquelles se trouvent quelques portraits en pied de personnages célèbres.

12. Description des festes données par la ville de Paris, à l'occasion du mariage de Madame Louise-Elisabeth de France, et de dom Philippe, infant et grand amiral d'Espagne, les vingt-neuvième et trentième août mil sept cent trente-neuf. *A Paris*, *de l'impr. de P.-G. Le Mercier*, 1740, in-fol. papier de Hollande, 22 pp. de texte et 13 planches gravées par J.-F. Blondel, v. ant. marbr. dos orné, dent. sur les plats fleurdelysée, tr. dor. (*Aux armes de la ville de Paris*.)

13. DORAT. Recueil de contes et de poèmes par M. D. Troisième édition augmentée de l'hermitage de Beauvais. *La Haye et Paris, Delalain*, 1770, in-8, frontispice et figures d'Eisen, cart. éb.

Contenant : Irza et Marsis ; Alphonse ; les Cerises et la Méprise ; Selim et Selima, etc.

14. DU ROSOI. Les Sens, poème en six chants. *Londres, Paris*, 1767, in-8, papier de Hollande, figures, vignettes et culs de lampe, par Eisen et Wille, demi-rel. mar. vert jans. avec coins, tête dor. éb. (*Quinet.*)

Le titre, gravé par Longueil d'après Marillier, manque ; les figures sont remontées.

15. EISENBERG (Le baron d'). Anti-maquignonage pour éviter la surprise dans l'emplette des chevaux où l'on traite de leur perfection et de leurs défauts. *Amsterdam et Leipzig, Arkstée et Merkus*, 1764, in-4, obl. 9 planches gravées, cart.

Fortes mouillures.

16. ENTRÉE (L') triomphante de Leurs Majestés Louis XIV, Roy de France et de Navarre, et Marie-Thérèse d'Autriche, son épouse, dans la ville de Paris au retour de la signature de la paix générale et de leur heureux mariage. *A Paris, chez Pierre Lepetit*, 1662, in-fol. figures.

Superbe portrait de Louis XIV et de Marie-Thérèse d'Autriche gravés par J. Sauvé et 19 planches gravées d'après J. Marot.

La grande planche de la cavalcade a un morceau de marge enlevé. Fortes mouillures.

17. ERASME. L'Eloge de la Folie, traduit par Guedeville. *S. l.*, 1751, in-12, front. et figures d'Eisen, mar. r. dos orné, comp. dent. int. tr. dor. (*Quinet.*)

18. FÉNELON (Fr. de Salignac de La Motte). Les Aventures de Télémaque, fils d'Ulysse. *Paris, Delaulne*, 1730, 2 tomes en un vol. in-4, front. et figures par Coypel, etc., v. marbr. ant.

19. GÉRARD (L'abbé). Le Comte de Valmont ou les égarements de la raison, 12e édition revue et corrigée par l'auteur, ornée de gravures. *Paris, Bossange, Masson et Besson*, 1807, 6 tomes en 3 vol. in-8, figures de Moreau, demi-rel. chagr. r. avec coins, tête dor. éb.

On a ajouté à cet exemplaire : les figures de Liot, gravées par Le Villain, et celles de Monnet, publiées en 1775 ; ces deux suites sont remontées.

20. GESSNER (Salomon). Œuvres. *S. l. n. d.*, 2 vol. petit in-fol. figures, br.

Le 1er volume renferme deux suites de paysages romantiques, une douzaine de planches de compositions mythologiques, les planches de l'édition in-4 des Idylles, et cinquante-deux petites vues de la Suisse, originairement insérées dans les almanachs de Zurich, depuis 1780 jusqu'en 1788

Le second volume contient toutes les vignettes qui ornaient les différentes éditions tant allemandes que françaises des ouvrages de Gessner

21. HAMILTON. Mémoires du comte de Grammont, édition ornée de LXXII portraits, gravés d'après les tableaux originaux. *Londres, Edwards, s. d.* (1792), in-4, portraits, mar. vert, dentelles, tr. dor. *(Reliure de l'époque.)*

Bel exemplaire avec les *Notes et éclaircissements.*

22. HELYOT (Le R. P.). Histoire des ordres religieux et militaires, ainsi que des congrégations séculières de l'un et de l'autre sexe, qui ont été établies jusqu'à présent, contenant leur origine, leur fondation, etc., par le R. P. Helyot. Nouvelle édition revue et corrigée, ornée de 812 fig. *Paris, Louis*, 1792, 8 vol. in-4, fig. v. ant. marbr.

23. HELYOT (Le R. P.). Recueil de gravures pour l'histoire des ordres religieux, 5 vol. in-4 cart.

Epreuves avec légende en allemand.

24. HORATIUS. Quinti Horatii Flacci opera. *Londini, æneis tabulis incidit Johannes Pine*, 1733, 2 vol. in-8, fig. v. f. ant. fil. tr. dor.

Ouvrage entièrement gravé et enrichi à presque toutes les pages de jolies vignettes.
2e tirage sans la faute.

25. IMBERT. Le jugement de Paris, poème en IV chants, suivi d'Œuvres mêlées. Nouvelle édition corrigée et augmentée. *Amsterdam*, 1774, in-8, titre et 4 figures de Moreau et 4 vignettes par Choffard, v. ant. marbr.

On a relié à la suite de ce volume : *Les Sens*, par Du Rosoy, mais incomplet du titre et des figures.

26. IMBERT. Le Jugement de Paris, poème en IV chants, suivi d'Œuvres mêlées. Nouvelle édition corrigée et augmentée. *Amsterdam*, 1774, in-8, titre et 4 figures de Moreau, vignettes par Choffard, v. ant. marbr.

27. IMPOSTURES innocentes ou recueil d'estampes d'après divers peintres illustres tels que Rafael, Le Guide, Carlo-Maratti, Le Poussin, Rembrandt, etc., gravées à leur imitation et selon le goût particulier de chacun d'eux et accompagnées d'un discours sur les préjugés de certains curieux touchant la gravure, par Bernard Picart, avec son éloge historique et le catalogue de ses ouvrages. *Amsterdam, veuve Bernard Picart*, 1734, pet. in-fol. portrait et 65 planches gravées, cuir de Russie, fil.

28. JOUJOU (Le) des Demoiselles. *S. l. n. d.*, in-8, frontispice, titre et 57 feuillets gravés avec vignettes à mi-page au bas desquelles sont des poésies, bas.

29. La Barre de Beaumarchais. The temple of the Muses, or the principal histories of fabulous antiquity, represented in sixty sculptures designed and ingraved by Bernard Picart le Romain, and other celebrated masters, with explications and remarks. *Amsterdam*, *Printed for Zachariah Chatelain*, 1733, in-fol. figures de Bernard Picart, demi-rel. chagr. r. fil. tr. dor.

30. La Barre de Beaumarchais. Musen-Tempel mit lx auserlesenen Bildern... durch Herrn Bernard Picart le Romain. *Amsterdam*, *Z. Chatelain*, 1733, in-fol figures gravées, demi-rel. parch. vert avec coins.

31. La Borde (Jean-Benj. de). Essai sur la musique ancienne et moderne. *Paris*, *Ph. D. Pierres*, 1780, 4 vol. in-4, figures de Mirys, demi-rel. bas.

Ouvrage estimé et recherché.

32. La Fontaine. Les Amours de Psyché et de Cupidon, suivies d'Adonis, poème. Edition ornée de gravures d'après les dessins de Gérard, peintre. *Paris*, *P. Didot l'aîné, an V de la République* (1797), in-4, papier vélin, figures, demi-rel. mar. vert avec coins, dos orné, fil. tête dor. ébarbé.

Exemplaire orné de gravures d'après les dessins de Gérard; épreuves *avant la lettre*; on y a ajouté les figures de Moreau le jeune, réduites in-18 pour l'édition de 1797 et les figures gravées par C. Normand d'après Raphaël.

33. La Fontaine. Contes et Nouvelles en vers. Nouvelle édition enrichie de tailles-douces corrigée et augmentée. *Amsterdam*, *Pierre Brunel*, 1696, 2 tomes en un vol. in-12, front. et figures de Romain de Hooghe à mi-pages, v. f. ant.

34. La Fontaine. Contes et Nouvelles en vers. *Paris*, *de l'imprimerie de P. Didot l'aîné*, 1795, 2 vol. gr. in-4, papier vélin, figures de Fragonard, cart. éb.

Exemplaire illustré de 20 gravures de Fragonard, Mallet et Touzé, qui se trouvent dans le tome 1er, trois de ces figures sont *avant les numéros* : pour *Joconde*, la *Fiancée du roi de Garbe* et le *Baiser rendu*.

35. Le Carpentier (Matt.). Recueil des plans, coupes et élévations du nouvel hôtel de ville de Rouen dont la construction a été commencée en mai 1757 avec les plans d'un accroissement et autres ouvrages projettés pour cette ville. *A Paris*, *chez Ch. Ant. Jombert*, 1758, in-fol. 9 pp. de texte et 6 planches gravées, v. ant. marbr. fil. (*Armoiries sur les plats.*)

36. Leclerc (Seb.). Conquêtes de Louis-le-Grand, roy de France et de Navarre. *S. l. n. d.*, in-fol. titre et 10 planches gravées. — Les actions glorieuses de S. A. S. Charles, duc de Lorraine en Hongrie, Transylvanie. *S. l. n. d.*, in-fol. titre et 16 planches gravées. — Ens. 2 ouvr. en un vol. demi-rel. v. f.

37. Levayer de Boutigny. Tarsis et Zélie. Nouvelle édition. *Paris*, *Musier fils*, 1774, 3 tomes en 6 vol. in-8, front. fleuron et vignettes par Eisen, v. écaille, fil. tr. dor.

Bel exemplaire en papier de Hollande ; épreuves brillantes.

38. Lucrèce. Di Tito Lucrezio Caro della Natura del Cose Libri sei Traddoti dal Latino in Italiano da Alessandro Marchetti. *In Amsterodamo* (*Paris*), 1754, 2 vol. gr. in-8, papier de Hollande, figures d'Eisen, Cochin et Le Lorrain, mar. r. dos orné, larges dent. sur les plats, tr. dor.

Très bel exemplaire.

39. Lucrèce. Traduction nouvelle avec des notes par M. L. G. (La Grange), revue par J.-A. Naigeon. *Paris, Bleuet*, 1768, 2 vol. in-8, titre et figures gravés d'après Gravelot, demi-reliure bas. f. avec coins, non rog.

Exemplaire sur papier de Hollande.

40. Marmontel. Contes moraux. *Paris, J. Merlin*, 1765, 3 vol. pet. in-8, portrait, titres et figures gravés d'après Gravelot, v. écaille, fil., tr. marbr.

Taches.

41. Meissner. Alcibiade, orné de planches en taille douce, traduction libre par Rauquil-Lieutaud. *A Athènes et à Paris*, *Buisson*, 1789, 4 parties en 2 vol. in-8, figures, demi-rel. mar. gr. avec coins, dos orné, tr. dor.

Le premier volume porte pour titre : *Alcibiade enfant;* le second, *Alcibiade jeune homme;* le troisième, *Alcibiade homme fait*, et le quatrième, *Alcibiade vieillard.*

42. Meusnier de Querlon. Les Grâces, recueil de différents ouvrages sur les Grâces (publié par A. G. Meusnier de Querlon, précédé d'une dissertation par l'abbé Guill. Massieu et suivi d'un discours par le P. Yv.-Mar. André). *Paris, Prault*, 1769, in-8, titre par Moreau, frontispice par Boucher et figures par Moreau, v. f. dos orné, fil. dent. int. tr. dor.

43. Molière. Œuvres, avec des remarques grammaticales, des avertissements et des observations sur chaque pièce, par M. Bret. *Paris, par la Compagnie des libraires associés*, 1773, 6 vol. in-8, portrait par Cathelin et figures de Moreau le jeune, v. marbr. tr. r.

Une partie de la page 139-140 est déchirée.
Très bonnes épreuves.

44. Montesquieu. Le Temple de Gnide. Nouvelle édition avec figures gravées, par N. Le Mire, d'après les dessins de Ch. Eisen, le texte gravé par Droüet. *A Paris*, *chez Le Mire*, gra-

veur, 1772, gr. in-8, frontispice, titre et figures, mar. rouge, dos orné et mosaïqué de mar. vert ainsi que les angles des plats avec fleuron style XVIIIe siècle, large dent. style de Derome, dent. int. tr. dor. (*David.*)

Bel exemplaire auquel on a ajouté : 1° deux portraits de l'auteur par Hopwood et Saint-Aubin ; 2° les figures de Monnet de l'édition de 1772, remontées ; 3° les figures in-18 de Regnault, gravées par Bertaux, de l'édition de 1797, aussi remontées, et quelques pièces détachées.
En tout 50 pièces y compris les figures de l'édition.

45. Nolli (Giamb.). Nuova pianta di Roma data in luce da l'anno 1748, in-fol. 18 cartes gravées et montées sur onglets, demi-rel. bas.

46. Portraits de femmes symbolisant différents pays. *Paris*, *Bulla, s. d.*, 28 planches in-fol. gravées d'après Vauthier et Bosselmann, demi-rel. chagr. bleu.

47. Prevost (L'abbé). Histoire du chevalier des Grieux et de Manon Lescaut. *Amsterdam* (*Paris*), *aux dépens de la Compagnie*, 1756, 2 vol. in-12, figures de Gravelot et Pasquier, mar. bl. à longs grains, dos orné, fil. tr. dor.

48. Regnard. Œuvres, avec des avertissemens et des remarques sur chaque pièce par M. G*** (Garnier). *Paris*, *de l'imprimerie de Monsieur*, 1789-1790, 4 vol. in-8, portr. et figures de Moreau, v. écaille, tr. marbr.

49. Relation de l'inauguration solennelle de Sa Majesté impériale et catholique Charles VI, empereur des Romains, troisième du nom Roy des Espagnes, célébrée à Gand, le 18 octobre 1717. *A Gand*, *chez Aug. Graet*, 1719, in-fol. frontispice et 6 planches doubles gravées par Michel Heylbrouck. J. Harrewyn..... bas.

50. Relation de l'inauguration solennelle de sa sacrée Majesté Marie-Thérèse, reine de Hongrie et de Bohême, archiduchesse d'Autriche, comme comtesse de Flandres, célébrée à Gand, ville capitale de la province, le 27 avril 1744. *A Gand*, *chez la veuve Pierre de Goesin*, 1744, in-fol. 43 pp. de texte, 1 frontispice et une grande planche gravée par Pilsen et pliée, bas. armoiries impériales sur les plats.

51. Retif de la Bretonne. Les Contemporaines ou Aventures des plus jolies femmes de l'âge présent, recueillies par N. E. R** D* L* B***. *Imprimé à Leipzick et se trouve à Paris*, 1781-1785, 42 vol. in-12, figures de Binet, demi-rel. mar. bleu jans. tête dor. éb.

Joli exemplaire.

52. RESTIF DE LA BRETONNE. La Femme infidèle, par Maribert-Courtenay. *A Neufchatel et se trouve à Paris chez la veuve Duchesne*, 1786, 4 vol. in-12, mar. r. dos orné, fil. dent. int. tr. dor. (*Chambolle-Duru.*)

Histoire des désordres réels ou prétendus d'Agnès Lebègue, femme de Rétif.
Bel exemplaire.

53. RETIF DE LA BRETONNE. Monsieur Nicolas ou le cœur humain dévoilé, publié par lui-même, avec figures. *Paris*, 1794-97, 16 vol. in-12, demi-rel. mar. r. avec coins, dos orné, fil. tête dor. ébarbé.

Un des meilleurs ouvrages de Restif.
Exemplaire sans les gravures.

54. RETIF DE LA BRETONNE. Le Paysan perverti. *Imprimé à La Haye et se trouve à Paris, chés Esprit*, 1776, 4 vol. in-12, figures. — La Paysanne pervertie. *Imprimé à La Haye et se trouve à Paris, chez Mme veuve Duchesne*, 1784, 4 vol. in-12, figures. — Explication des figures du Paysan et de la Paysanne pervertis, 2 parties en un vol. in-12. — Ensemble 9 volumes in-12, figures de Binet, mar. citr. jans. dent. int. tr. dor. (*Brany.*)

55. RETIF DE LA BRETONNE. Le Paysan et la Paysanne pervertis, ou les dangers de la ville. *La Haye*, 1784, 4 vol. in-12, frontispice et figures de Binet, demi-rel. chag. bleu, ébarbés.

56. ROUSSEAU (J.-J.). Collection complette des œuvres de J.-J. Rousseau. *Londres* (*Bruxelles*), 1774-1783, 12 vol. in-4, fleurons sur les titres, portrait et figures par Lebarbier et Moreau, v. ant. marbr.

La Nouvelle Héloïse, 2 vol. — Emile, 2 vol. — Œuvres mêlées, 3 vol.— Dictionnaire de musique, 1 vol. — Œuvres posthumes, 3 vol.

57. TESTAMENT (Ancien et Nouveau). Histoire du Vieux et du Nouveau Testament, par David Martin, enrichie de 400 figures en taille douce. *A Anvers, chez Pierre Mortier*, 1700, 2 vol. in-fol. planches gravées, bas.

Exemplaire avec la marque des clous à la planche de l'Apocalypse.

58. TOUSSAINT (F. V.). Les Mœurs. *Amsterdam*, 1777, 3 parties en un vol. petit. in-8, fig., mar. olive, dos orné, fil. tr. dor. (*Rel. anc.*).

59. USSIEUX (D'). Le Décaméron françois. *Paris*, *Nyon*, 1783, 2 vol. in-8, figures, vignettes et culs-de-lampe par Caresme, Clère, Desrais, Eisen et Martini, cart.

60. VADÉ. Œuvres poissardes de J.-J. Vadé, suivies de celles de l'Ecluse, édition tirée à 300 exemplaires, dont 100 sur grand papier et ornée de figures imprimées en couleur. *A Paris, chez Defer de Maisonneuve, de l'imprimerie de Didot le jeune, l'an IV*, 1796, in-4, figures, cart. n. rog.

Bel exemplaire orné de quatre figures de Monsiau, gravées par Clément et tirées en couleur.

61. VIRGILE. L'Enéide, peinte dans la galerie du Palais-Royal par Ant. Coypel, gravée par MM. Duchange, Tardieu, Surugue, Beauvais, Desplaces et Thomassin. *A Paris, chez L. Surugue, graveur du Roy,* 1753, in-fol. 15 grandes planches gravées, avec marges, demi-rel. bas.

Le titre est manuscrit et imite les caractères d'imprimerie. Les planches sont montées sur onglets.

62. VIRGILE. Les Œuvres de Virgile en latin et en françois. Traduction nouvelle. *Paris, veuve Bracas*, 1751, 4 vol. in-12, mar. r. fil. tr. dor. *(Anc. rel. avec armoiries royales sur les plats.)*

II

LIVRES A FIGURES DU XIXe SIÈCLE

63. ABAILARD et HÉLOISE. Lettres traduites sur les manuscrits de la bibliothèque royale, par E. Oddoul, précédées d'un essai historique, par M. et Mme Guizot. Edition illustrée par J. Gigoux. *Paris*, *E. Houdaille*, 1839, 2 vol. gr. in-8, portraits, figures, demi-rel. mar. viol. avec coins, dos orné, fil. tête dor. ébarbé.

Bel exemplaire de PREMIER TIRAGE avec les figures hors texte sur chine AVANT LA LETTRE; *la lettre sur papier de soie.*

64. ANACRÉON. Odes, avec LIV compositions par Girodet, traduction d'Amb. Firmin-Didot. *Paris*, *Firmin-Didot*, 1864, pet. in-12, titre gr. texte encadré d'un fil. r. vignettes en photographie, cart. toile br. éb.

65. APULÉE. L'Ane d'Or ou la Métamorphose. Traduction de Savalète, préface de J. Andrieux, avec nombreuses gravures dessinées par A. Racinet, P. Benard. *Paris*, *Firmin-Didot*, 1869, in-8, papier vélin, texte encadré et vignettes gravées. br.

66. ARIOSTE. Roland furieux. Traduction nouvelle et en prose, par V. Philipon de La Madelaine. Edition illustrée de 300 vignettes et de 25 magnifiques planches tirées à part sur chine, par MM. Tony Johannot, Baron, François et C. Nanteuil. *Paris*, *J. Mallet*, 1844, gr. in-8, portrait et figures, chagr. r. fers spéciaux sur les plats, tr. dor.

Exemplaire de *premier tirage.*

67. ARMENGAUD. Les galeries publiques de l'Europe. *Rome*, *Paris, J. Claye*, 1856, in-fol. papier vélin, nombr. vignettes gravées dans le texte, demi-rel. chagr. brun, plats toile.

68. ARNAULT (V.). Vie politique et militaire de Napoléon, ouvrage orné de planches lithographiées, d'après les dessins originaux des premiers peintres de l'école française. *A Paris, chez Em. Babeuf*, 1822. 2 vol. gr. in-fol. planches, demi-rel. v.

69. AUTREFOIS ou le bon vieux temps, types français du XVIIIe siècle. Texte par Audebrand, Roger de Beauvoir, etc., vignettes par Tony Johannot, Th. Fragonard, Gavarni, etc. *Paris, Challamel, s. d.*, in-4, vignettes dans le texte et figures hors texte, demi-cart. tête jasp. non rog.

Exemplaire de PREMIER TIRAGE, ouvrage aujourd'hui très recherché.

70. AVENTURES (Les) du chevalier Jaufre et de la belle Brunissende. traduites par Mary Lafon, illustrées de 20 belles gravures dessinées par G. Doré. *Paris, librairie nouvelle*, 1856, gr. in-8, figures, demi-rel. chagr. vert, plats toile chagr. tr. dor.

71. BALZAC (De). Les Contes drolatiques, colligez ez abbayes de Touraine..., illustré de 425 dessins par Gustave Doré. *Paris, Société générale de librairie*, 1855, in-8, papier vélin fort, demi-rel. chagr. r. dos orné, éb.

PREMIER TIRAGE des illustrations de Gustave Doré.

72. BALZAC. Les femmes de H. de Balzac, types, caractères et portraits précédés d'une notice biographique par P. Lacroix, et illustrés de quatorze portraits gravés sur acier d'après les dessins de G. Staal. *Paris, veuve L. Janet, s. d.*, gr. in-8, papier vélin, portraits, cart. perc. orange, n. rog. (*Pierson.*)

73. BALZAC. Petites Misères de la vie conjugale, illustrées par Bertall. *Paris, Chlendowski, s. d.*, in-8, nombr. figures et vignettes, demi-rel. mar. vert.

74. BARTHÉLEMY. Némésis. Satire hebdomadaire, 7e édition. *Paris, Perrotin*, 1845, gr. in-8, portrait et figures hors texte, demi-rel. mar. viol.

75. BEAUX-ARTS (Les). Musée des chefs-d'œuvre contemporains. *Paris, E. Dentu*, 1875, 1877, 1878, 1879 et 1880, in-fol. en fascicule, nombreuses planches gravées à l'eau forte.

76. BÉRANGER (De). Œuvres complètes. Nouvelle édition revue par l'auteur, illustrée de cinquante-deux belles gravures sur

acier, entièrement inédites, d'après les dessins de MM. Charlet, Lemud, Johannot, etc. *Paris*, *Perrotin*, 1847, 2 vol. in-8, portr. fac-simile fig. demi-rel. chag. noir, tr. dor.

PREMIER TIRAGE des figures.

77. BÉROALDE DE VERVILLE. Le Moyen de parvenir, nouvelle édition collationnée sur les textes anciens avec notes, index, glossaire et notice bibliographique. *Paris*, *L. Willem*, 1870, 2 tomes en un vol. pet. in-8, vignettes gravées, mar. rouge jans. dent. int. tr. dor. (*Belz-Niédrée.*)

Exemplaire sur *papier de Chine* tiré à petit nombre aux frais et pour le compte des souscripteurs. On y a joint comme complément : Contes en vers imités du Moyen de parvenir par Autreau, Dorat, Grécourt, La Fontaine, etc.; les Imitations de M. le comte de Chevigné. *Paris*, *L. Willem*, 1874, in-8, br. *papier de Chine.*

78. BOCCACE. Contes. (Le Décaméron). Traduits de l'italien et précédés d'une notice historique par A. Barbier, vignettes par MM. Tony Johannot, H. Baron, Eug. Laville, Célestin Nanteuil, Grandville, Geoffroi. *Paris*, *Dutertre*, 1847, gr. in-8, frontispice, figures et vignettes, demi-rel. chagr. r. avec coins, tr. peig.

79. BOISSIEU. Œuvres. Recueil de 100 planches gravées à l'eau forte, avec les noms à la pointe sèche, in-fol. demi-rel. v. br.

80. BORDEAUX (Raymond). Les Brocs à cidre en faïence de Rouen, étude de céramique normande. *Caen*, *Le Blanc*, *Hardel*, 1868, in-4, papier vélin fort, texte de 22 pp. et 4 planches en couleur, figures col. demi-rel. mar. vert avec coins, fil. tête dor. (*Brany.*)

81. BOREL (Pétrus). Champavert. Contes immoraux, par Pétrus Borel, le lycanthrope. Eaux fortes, par Adrien Aubry. *Bruxelles*, *J. Blanche*, 1872, in-8, papier de Hollande, portrait et figures gravées à l'eau forte, br.

82. BOUCHER (Ad.). Histoire dramatique et pittoresque des Jésuites depuis la fondation de l'ordre jusqu'à nos jours. *Paris*, *R. Prin*, 1845-1846, 2 vol. gr. in-8, figures lithog. cart. recouv. de leur couv. impr.

Edition illustrée de 30 figures par Théoph. Fragonard.

83. BRIFFAULT (Eug.). Paris à table, illustré par Bertall. *Paris*, *Hetzel*, 1846, pet. in-8 carré, vignettes dans le texte, demi-rel. chagr. bl. plats toile, tr. dor.

84. BRIFFAULT (Eug.). Le Secret de Rome au XIXe siècle, illustré de 200 dessins. *Paris*, *Boizard*, 1846, in-8, figures dans le texte et hors texte, demi-rel. bas. verte.

85. BRY (Auguste). Raffet, sa vie et ses œuvres, accompagné de deux portraits de Raffet, de deux eaux fortes et de quatre fac-simile. *Paris, Baur*, 1874, in-8, br.

86. BURETTE (Théodose). Musée de Versailles avec un texte historique. *Paris*, *Furne*, 1844, 3 vol. gr. in-4, portraits et figures gravées sur acier, demi-rel. basane verte.

Taches d'humidité.

87. BYRON (L.). Œuvres, traduction de M. Amédée Pichot. Nouvelle édition. *Paris*, *Furne*, 1836, 6 vol. in-8, portrait et figures de Tony Johannot, demi rel. v. vert.

88. CATALOGUE de dessins anciens et modernes, aquarelles et miniatures formant la collection de feu M. Mahérault. *Paris*, *E. Féral*, 1880, gr. in-8, papier vélin teinté, titre et 8 figures gravées à l'eau forte, sur papier de Hollande, br.

89. CATALOGUE illustré des dessins et estampes composant la collection de M. Ambroise Firmin-Didot, précédé d'introductions par M. Charles Blanc et M. Georges Duplessis. *Paris*, *Firmin- Didot*, 1877, in-4, papier de Hollande, 16 planches, br.

90. CATALOGUE illustré des livres précieux, manuscrits et imprimés faisant partie de la bibliothèque de M. Ambroise Firmin-Didot. *Paris*, *Adolphe Labitte*, 1878-1882, 4 vol. in-8, fig. br.

Catalogues des 4 premières ventes faites à ce jour; exemplaires en GRAND PAPIER DE HOLLANDE, avec des reproductions de miniatures et de reliures en chromo et en noir.

91. CATALOGUE. Palais de San Donato. Catalogue des objets d'art et d'ameublement, tableaux. *Bruxelles et Paris*, 1880, in-4, papier vélin, planches gravées à l'eau forte, br.

92. CENT NOUVELLES. Les dix dizaines des cent nouvelles nouvelles réimprimées par les soins de D. Jouaust, avec notices, notes et glossaire, par M. Paul Lacroix, dessins (8) gravés par Jules Garnier. *Paris*, *librairie des bibliophiles*, 1874, 4 vol., petit in-12, figures, demi-rel. mar. r. avec coins, tête dor. ébarbé.

93. CERVANTÈS Saavedra. L'ingénieux hidalgo Don Quichotte de la Manche. Traduit et annoté par Louis Viardot. Vignettes, de Tony Johannot. *Paris*, *J. J. Dubochet*, 1850, 2 vol. gr. in-8, vignettes dans le texte, cart. fers spéciaux sur les plats, tr. dor.

94. CHALLAMEL (Aug.) Histoire-musée de la République française depuis l'Assemblée des notables jusqu'à l'empire, avec les estampes, costumes, médailles, caricatures, portraits historiés et autographes les plus remarquables du temps. *Paris*, *Challamel*, 1842, 2 vol. gr. in-8, frontispice et figures dans le texte et hors texte, demi-rel. chagr. vert.

95. CHALLAMEL (Aug.) et Wilhelm TÉNINT. Les Français sous la Révolution, avec quarante scènes et types dessinés par H. Baron, gravés sur acier par L. Massard. *Paris, Challamel*, *s. d.*, in-8, front. et figures coloriés, demi-rel. chagr. citr. dos orné.

96. CHANTS ET CHANSONS POPULAIRES DE LA FRANCE. *Paris, H. L. Delloye*, *éditeur*, librairie *de Garnier frères*, *Félix Locquin*, *imprimeur*, 1843, 3 vol. gr. in-8, frontispice, figures et musique gravées, cart.

Ouvrage entièrement gravé, exemplaire de PREMIER TIRAGE avec les CARTONNAGES ORIGINAUX.

97. CHASLES (Philarète). Charles Ier, sa cour, son peuple et son Parlement, 1630 à 1660, histoire anecdotique et pittoresque, 18 gravures sur acier d'après Van Dyck, Rubens et Cattermole. *Paris*, *Ve Louis Janet*, *s. d.*, in-8, figures, cart. fers spéciaux sur les plats, tr. dor.

98. CHASLES (Phil.). Virginie de Leyva, ou intérieur d'un couvent de femmes en Italie. *Paris*, *Poulet-Malassis et de Broise*, 1861, in-12, portrait et eau forte sur chine avant et avec la lettre, demi-rel. mar. grenat jans. tête dor. br.

99. CHÉRUEL (A.). Saint-Simon, considéré comme historien de Louis XIV. *Paris*, *Hetzel*, 1865, in-8, portraits, demi-rel. chag. r. avec coins, fil. tr. dor.

Nombreux portraits ajoutés.

100. COLLECTIONS de petites biographies. *Paris*, *Palais-Royal*, 1826, 10 vol. in-32, demi-rel. mar. orange, avec coins, fil. tête dor. éb. rel. uniforme.

Nouvelle biographie pittoresque des députés de la Chambre septennale, publiée par M. A. Lagarde. — Biographie des Dames de la Cour et du faubourg Saint-Germain, par un valet de chambre congédié (Piton et E. de Monglave). — Biographie des préfets des 87 départements de la France, par un sous-préfet (E. Marc Saint-Hilaire). — Petite biographie des Conventionnels, avec leurs votes dans le procès de Louis XVI, par un Jacobin converti. — Petite biographie militaire, par Raban. *Paris*, *Langlois*, 1826. — Biographie des Souverains du XIXe siècle, par deux rois de la fève (Paul-Emile Debraux et Ch. Lepage). — Biographie pittoresque des Pairs de France (par Eugène Garay de Monglave). — Biographie des ministres, depuis la Restauration, par M. A. Lagarde. — Petite biographie des députés, par Raban. — Biographie pittoresque des Quarante de l'Académie française, par le portier de la maison (Eugène Garay de Monglave).

101. Contemporains (Les) étrangers. Collection de 32 portraits des étrangers les plus célèbres, depuis 1790 jusqu'à nos jours, dessinés par Grevedon et Manuzaisse, avec une notice biographique sur chacun d'eux. *Paris*, 1835, in-fol. papier vélin, portraits lithogr. sur chine, fac-simile, br.

102. Coombe. Le Don Quichotte romantique, ou voyage du docteur Syntaxe à la recherche du pittoresque et du romantique, poëme en 20 chants, traduit librement de l'anglais et orné de 26 gravures, par Gandais. *Paris*, *Pélicier*, 1821, gr. in-8, 24 planches lithogr. demi-rel. v. br.

103. Coster (Ch. de). La légende et les aventures d'Ulenspiegel et de Lamme Goedsak au pays de Flandres et ailleurs. Ouvrage illustré de trente-deux eaux fortes inédites. Deuxième édition. *Paris*, *librairie internationale*, 1869, in-4, frontispice et figures gravées à l'eau forte, demi-rel. chagr. br. avec coins, tête dor. éb.

104. Costumes de l'armée wurtembergeoise, de 1638 à 1854, 36 planches in-8, obl. contenant 238 types gravés et coloriés.

105. COSTUMES HISTORIQUES DES XVIe, XVIIe, ET XVIIIe SIÈCLES, dessinés par E. Lechevallier-Chevignard, gravés par A. Didier, L. Flameng, F. Laguillermie, etc., avec un texte historique et descriptif, par Georges Duplessis. *Paris*, *Librairie Centrale des Beaux-Arts de A. Lévy*, 1867, 2 vol. gr. in-4, mar. grenat jans. dent. int. tr. dor. (*Lortic.*)

Superbe exemplaire sur peau de vélin avec les DESSINS ORIGINAUX.

106. Cousin (V.). Mme de Sablé. Nouvelles études sur la Société et les femmes illustres du xviie siècle. *Paris*, *Didier*, 1859, in-8, portraits ajoutés, figure, demi-rel. veau vert, dos orné, tr. peigne.

107. Daumier. Les Cent et un Robert Macaires, composés et dessinés par M. H. Daumier sur les idées et les légendes de M. Ch. Philipon, réduits et lithographiés par MM. Maurice Alhoy et Louis Huart. *Paris*, *Aubert*, 1839, 2 parties en 1 vol. in-4, 101 planches, demi-rel. basane br.

108. Daumier et Gavarni. Album in-4 cart. contenant 31 planches lithographiées et en couleur.

Mœurs conjugales, 19 planches.
Fourberies de femmes, 12 planches.

109. Delille (J.). La Conversation, poème. *A Paris, chez Michaud fr.*, 1812, in-4, papier vélin, 3 figures par Girodet, Leroy et Taunay, demi-rel. v. f. avec coins, tête dor. éb.

Epreuves avant la lettre.

110. Delvau (Alfred). Les Cythères parisiennes, histoire anecdotique des bals de Paris, avec 24 eaux fortes et un front. de Félicien Rops et Emile Thérond. *Paris, Dentu*, 1864, in-12, papier de Hollande, front. et vignettes, chagr. r., comp. tr. dor.

On a ajouté en tête de ce volume 4 planches sur chine reproduisant les vignettes qui sont intercalées dans le texte.

111. Demidoff (Anat. de). Voyage dans la Russie méridionale et la Crimée par la Hongrie, la Valachie et la Moldavie, exécuté en 1837, dessiné d'après nature et lithographié par Raffet. *Paris, Gihaut fr., s. d.*, in-fol. en ff. dans un carton, texte et planches.

112. Demidoff (Anat. de). Voyage pittoresque et archéologique en Russie, dessins faits d'après nature et lithographiés par André Durand et Raffet. *Saint-Pétersbourg, s. d.*, in-fol. 100 planches lithographiées et teintées, montées sur onglets, demi-rel. chagr. rouge, tête dor. éb.

113. Diable a Paris (Le). Paris et les Parisiens, texte par G. Sand, Ch. Nodier, Briffaut, Balzac, Taxile Delord, Alfr. de Musset, etc., précédé d'une histoire de Paris par Th. Lavallée; illustrations par Gavarni et Bertall. *Paris, J. Hetzel*, 1845, 1846, 2 vol. gr. in-8, figures, demi-rel. basane.

Exemplaire de premier tirage.

114. Dinaux. Description des fêtes populaires données à Valenciennes, en mai 1851, par la société des Incas. *Lille, E. Vanackère*, 1850, gr. in-8, papier vélin, avec encadrement, figures gravées hors texte, demi-rel. chag. rouge, dos orné, tête dor. éb.

115. Drumont (Ed.). Les Fêtes nationales à Paris. *Paris, Lud. Baschet*, 1879, in-fol. figures hors texte, cart. fers spéciaux sur les plats, tête dor. éb.

116. Dufour (P.). Histoire de la prostitution chez tous les peuples du monde depuis l'antiquité la plus reculée jusqu'à nos jours. *Paris, Séré*, 1851-53, 6 tomes en 3 vol. in-8, figures, demi-rel. v. marb. avec coins.

Exemplaire du marquis de Morante.

117. DUMAS (Alexandre). Les Mohicans de Paris. *Paris, Dufour*, 1859-1860, 4 vol. gr. in-8, figures gravées, cart. perc. avec coins, non rog.

118. DUMAS fils (Alexandre). La Dame aux Camélias, préface de Jules Janin, édition illustrée par Gavarni. *Paris, Havard*, 1858, in-8, fig. gravées, cart. non rog.

119. DURANTY. Théâtre des Marionnettes du jardin des Tuileries. *Paris, Dubuisson, s. d.*, gr. in-8, fig. en couleur, demi-rel. mar. grenat, tr. peigne.

120. EAUX FORTES d'après Frans Hals, par William Unger, avec une étude sur le maître et ses œuvres, par C. Vosmaer. *Leyde, A. W. Sijthoff*, 1873, in-fol. en ff. texte sur papier de Hollande, 20 planches sur chine.

121. ENVIRONS DE PARIS (Les), paysage, histoire, monuments, mœurs, chroniques et traditions. Ouvrage rédigé par l'élite de la littérature contemporaine, sous la direction de MM. Ch. Nodier et Louis Lurine, et illustré de 200 dessins par les artistes les plus distingués. *Paris, P. Boizard et G. Kugelmann, s. d.* (1844), in-8, front. fig. hors le texte et vignettes dans le texte, br.

Exemplaire de PREMIER TIRAGE.

122. ERASME. L'Eloge de la Folie, traduction nouvelle avec une préface, une étude sur Erasme, par Emanuel Des Essarts, 81 eaux fortes d'après les dessins d'Holbein, frontispice de Worms et un portrait de l'auteur gravés par Champollion. *Paris, Arnaud et Labat*, 1877, in-8, papier vergé, fig. br.

123. ESSAI sur l'origine de la gravure en bois et en taille douce, et sur la connoissance des estampes des XVe et XVIe siècles, avec 20 planches. *Paris, F. Schœll*, 1808, 2 vol. in-8, 20 planches demi-rel. v. granit avec coins.

124. ETOILES (Les). Dernière féerie, par J. J. Grandville, texte par Méry. Astronomie des dames, par le comte Félix. *Paris, G. de Gonet, s. d.* (1849), 2 part. en 1 vol., gr. in-8, figures gravées sur acier et en couleur, demi-rel. chagr. viol.

125. ETRANGERS (Les) à Paris, par Louis Desnoyers, J. Janin, etc., illustrations de Gavarni, Frère, Emy, Th. Guérin, Ed. Frère, etc. *Paris, Warée, s. d.*, in-8, front., vignettes dans le texte et figures hors texte, demi-rel. v. br. éb.

Exemplaire de PREMIER TIRAGE.

126. **Evangiles** (Les saints), traduits de la Vulgate, par M. l'abbé Dassance, illustrés par MM. Tony Johannot, Cavelier, Gérard-Seguin et Brevière. *Paris*, *L. Curmer,* 1836, 2 vol. gr. in-8, frontispice en chromo, texte encadré, fig. hors texte, cart.

Exemplaire de PREMIER TIRAGE.

127. **Fables** inédites des XIIe, XIIIe, et XIVe siècles et fables de La Fontaine, rapprochées de celles de tous les auteurs qui avaient, avant lui, traité les mêmes sujets, précédées d'une notice sur les fabulistes, par A. C. M. Robert, ornées d'un portrait de La Fontaine, de 90 gravures en taille douce et de 4 fac-simile. *Paris, Etienne Cabin*, 1825, 2 vol. in-8, portr., fig. et fac-simile, demi-rel. v. bleu.

128. **Femmes** (Les). Keepsake des Keepsakes, orné de douze beaux portraits de femmes. *Paris, Janet*, *s. d.*, in-8, front. et portraits gravés, demi-rel. bas. f.

129. **Fénelon**. Les Aventures de Télémaque, nouvelle édition, enrichie d'une notice abrégée de la vie de l'auteur, d'une carte nouvelle de ses voyages, et de 72 estampes gravées, d'après les dessins de Ch. Monnet, par J.-B. Tilliard. *Paris*, *Eberhart*, 1810, 2 tomes en 1 vol. in-4, figures, demi-rel. mar. r. fil. tête dor. éb.

130. **Féréal** (W. de). Les Mystères de l'inquisition et autres sociétés secrètes d'Espagne, avec notes historiques par Manuel de Cuendias. *S. l. n. d.*, in-8, nombr., figures et vignettes, demi-rel. chagr. r.

131. **Feu Séraphin**. Histoire de ce spectacle depuis son origine jusqu'à sa disparition, 1776-1870. *Lyon*, *N. Scheuring*, 1875, in-8, papier vélin teinté, portrait, vignettes gravées à l'eau forte, demi-rel. mar. r. avec coins, dos orné, fil. tête dor. ébarbé.

132. **Fisher**'s drawing room scrap-book, 1837, with poetical illustrations by L. E. L. *London*, *Fisher Son et Co*, in-4, figures et portraits gravés sur acier, cart. tr. dor.

133. **Florian**. Fables illustrées par J.-J. Grandville, précédées d'une notice sur la vie et les ouvrages de Florian, par P.-J. Sthal. *Paris*, *Garnier fr.*, *s. d.*, in-8, frontispice et figures gravées, chagr. r. dentelles, tr. dor.

134. **Foe** (Daniel de). Aventures de Robinson Crusoé, traduction nouvelle, édition illustrée par Grandville. *Paris, Four-*

nier, 1840, in-8, front. et figures, demi-rel. v. vert, dos orné.

Exemplaire de PREMIER TIRAGE, taché.

135. FORTOUL (H.). Les fastes de Versailles, depuis son origine jusqu'à nos jours. *Paris, H. Delloye*, 1839, in-8, figures hors texte gravées sur acier, demi-rel. chagr. r. fil.

Exemplaire de PREMIER TIRAGE: piqûres d'humidité.

136. FOUILLOUX (Du). La Vénerie de Jacques Du Fouilloux, précédée de quelques notes biographiques et d'une notice bibliographique (par Pressac). *Angers, Charles Lebond*, 1844, gr. in-8, figures sur bois, br.

137. FRANÇAIS (Les) peints par eux-mêmes. Encyclopédie morale du dix-neuvième siècle. *Paris, L. Curmer*, 1841-42, 9 vol. gr. in-8, y compris le prisme, cart.

PREMIER TIRAGE des illustrations de Daumier, Gavarni, Grandville, Meissonnier, Pauquet, Trimolet, etc.

138. GALERIE des artistes dramatiques de Paris, quatre-vingts portraits en pied dessinés d'après nature par Al. Lacauchie, et accompagnés d'autant de portraits littéraires. *Paris, Marchant*, 1841-1842, 2 vol. in-4, portraits lithographiés sur chine. demi-rel. basane violette, fil. tr. dor.

139. GALERIE des femmes de Shakespeare. Collection de 45 portraits gravés par les premiers artistes de Londres, enrichis de notices critiques et littéraires. *Paris, H. Delloye, s. d.*, gr. in-8, portraits, demi-rel. v. f.

PREMIÈRES ÉPREUVES.

140. GALERIE DE VIENNE. Galerie impériale et royale du Belvédère à Vienne, gravée par les meilleurs artistes, avec un texte explicatif de chaque sujet, publiée par Ch. Haas. *Francfort-sur-le-Mein et Paris, Joseph Baer*, 4 tomes en 2 vol. in-4, figures gravées, demi-rel. chagr. r. tête dor. ébarbé.

Les planches sont montées sur onglets.

141. GALIBERT (Léon). Histoire de la République de Venise. *Paris, Furne*, 1855, in-8, fig. sur acier, demi-rel. chagr. br.

142. GANNERON (Edm.). La cassette de Saint-Louis. Reproduction en or et en couleurs, grandeur de l'original par les procédés chromolithographiques, accompagnée d'une notice historique et archéologique. *Paris, J. Claye*, 1855, in-fol. papier vélin, 68 pp. de texte et 6 planches en chromolith. demi-chagr. r. plats toile.

143. Gautier (Théoph.). Le capitaine Fracasse, illustré de 60 dessins de Gustave Doré. *Paris*, *Charpentier*, 1866, gr. in-8, papier vélin, figures hors texte gravées, br.

Exemplaire de premier tirage.

144. Gavarni. Œuvres choisies, revues, corrigées et nouvellement classées par l'auteur, avec des notices en tête de chaque série, par MM. Théophile Gautier et Laurant-Jan. *Paris*, *J. Hetzel*, 1846, 3 vol. gr. in-8, figures, cart. fers spéciaux sur les plats.

Les Enfants terribles. Traduction en langue vulgaire. Les Lorettes. Les Actrices. Fourberies de femme en matière de sentiment. Clichy. Paris le soir. Le Carnaval à Paris. Paris le matin. Les Etudiants de Paris.

145. Gavarni. Œuvres choisies. Edition spéciale publiée par le *Figaro* pour ses abonnés. 520 dessins avec leurs légendes. *Paris*, *J. Hetzel et Blanchard*, 1857, in-fol. figures, br.

146. Gavarni. Le Tiroir du Diable, Paris et les Parisiens, précédé d'une géographie de Paris par Théophile Lavallée. Illustrations de Gavarni. *Paris*, *s. d.*, 2 vol. gr. in-8, nombr. vignettes dans le texte et figures hors texte, br.

147. Gillray (James). The Works. *London*, *s. d.*, in-fol. planches gravées, demi-rel. anglaise chagr. r. avec coins, fil. tr. dor.

Volume supplémentaire, composé de 45 planches supprimées par la police ; sujets de mœurs souvent fort lestes.

148. Girodet. Les Amours des Dieux, recueil de compositions dessinées par Girodet et lithographiées par MM. Aubry le Comte, Chatillon, Counis, avec un texte explicatif. *Paris*, *Engelmann*, 1826, in-fol. 16 planches sur chine, cart.

149. Gœthe. Werther. Traduction nouvelle, précédée de considérations sur Werther, et en général sur la poésie de notre époque, par Pierre Leroux, accompagnée d'une préface par George Sand. Dix eaux fortes par Tony Johannot. *Paris*, *Victor Lecou et J. Hetzel*, gr. in-8, eaux fortes sur papier de Chine, avec le nom de l'artiste à la pointe et avant la lettre, cart. fers spéciaux sur les plats, tr. dor.

Exemplaire de premier tirage.

150. Grandsire (Eugène), Muret (Théodore). Album de l'exil. Résidences de la branche aînée des Bourbons depuis 1830. Quinze vues dessinées et lithographiées. *Paris*, *Bertin*, 1850, in-4, obl. papier vélin, figures, demi-rel. chagr. viol. plats toile, tr. dor.

151. Granville. Cent proverbes par Granville et par (Forgues, Taxile Delord, Arnould Frémy et Amédée Achard). *Paris, H. Fournier*, 1845, gr. in-8, figures et vignettes, demi-rel. chagr. viol.

Exemplaire de premier tirage.

152. Granville (J.-J.). Les Fleurs animées. Texte par Alphonse Karr, Taxile Delord et le comte Fœlix. *Paris*, *Martinon*, *s. d.*, 2 vol. gr. in-8, frontispice et planches sur acier coloriées, cart. fers spéciaux, tr. dor.

153. Granville. Les Métamorphoses du jour, accompagnées d'un texte par Albéric Second, etc., précédées d'une notice sur Granville par Charles Blanc. Nouvelle édition revue et complétée pour le texte par Jules Janin. *Paris*, *Garnier*, 1849, in-8, figures coloriées, demi-rel. chagr. vert.

154. Granville. Un autre Monde. *Paris*, *Fournier*, 1844, in-8, planches coloriées et figures dans le texte, demi-rel. chagr. noir.

Exemplaire de premier tirage, taches d'humidité.

155. Gravillon (Arth. de). A propos de bottes, avec une eau-forte et 85 croquis à la plume par l'auteur. *Paris*, *Achille Faure*, 1865, in-8, vignettes dans le texte, br.

156. Grose (François). Principes de caricatures suivis d'un essai sur la peinture comique, traduits en français, avec des augmentations. *Paris*, *Renouard*, *an X* (1802), in-8, 28 planches gravées, demi-rel. v. viol. avec coins. (*Schavye.*)

157. Hamilton (Ant.). Mémoires du comte de Grammont. — Histoire amoureuse de la cour d'Angleterre sous Charles II. Réimpression conforme à l'édition princeps (1713). Préfaces et notes par Benjamin, Pifteau, frontispice, six eaux fortes par J. Chauvet, lettres, fleurons et culs-de-lampe par Léon Lemaire. *Paris*, *Jules Bonnassies*, 1876, in-8, papier de Hollande, fig. br.

158. Hamilton. Œuvres. *Paris*, *Antoine-Augustin Renouard*, 1812, 3 vol. in-8, portraits et figures de Moreau le jeune. demi-rel. mar. grenat, avec coins, tête dor. éb.

159. Hillemacher (Fr.). Galerie historique des portraits des comédiens de la troupe de Voltaire gravés à l'eau forte, sur des documents authentiques, avec des détails biographiques inédits, recueillis sur chacun d'eux par E.-D. de Manne. *Lyon*, *N. Scheuring*, 1861, in-8, papier vergé teinté, portraits, br.

160. HOFFMANN (E.-T.-A.). Contes fantastiques, traduction nouvelle précédée d'une notice sur la vie et les ouvrages de l'auteur, par Henry Egmont, ornée de vignettes d'après les dessins de Camille Rogier. *Paris, Camuzeaux*, 1836, 4 vol. in-8, vignettes, demi-rel. veau vert, dos orné, fil. tr. marb.

161. HOFFMANN. Contes fantastiques, traduction nouvelle, précédés de souvenirs intimes sur la vie de l'auteur, par P. Christian, illustrés par Gavarni. *Paris, Lavigne*, 1843, in-8, figures dans le texte et hors texte, demi rel. chagr. citr.

Exemplaire de PREMIER TIRAGE.

162. HOGARTH (Will.). The Works, from the original. Plates restored by James Heath; with the addition of many subjects not before collected, to which are prefixed a biographical essay on the genius and productions of Hogarth, and explanations of the subjects of the plates by John Nichols. *London, printed for Baldwin and Cradock, s. d.*, in-fol. max. papier vélin, planches gravées, demi-rel. anglaise, avec coins mar. r. dos orné, tr. dor.

163. HOGARTH. Illustred by John Ireland. The third édition corrected. *London, J.-N. Boydell*, 1806, 3 vol. gr. in-8, figures de Corbould, demi-rel. v. f. ébarbé.

164. HORATIUS. Quinti Horatii Flacci opera cum novo commentario ad modum Joannis Bond. *Parisiis, Firminorum Didot*, 1855, pet. in-12, texte encadré de filets rouges, fig. phot. mar. r. dos orné, comp. milieux dor. dent. int. tr. dor. (*Lortic.*)

165. HOUSSAYE (Arsène). Les Cent et un sonnets. Gravures et eaux fortes. *Paris, Jules Maury, s. d.*, in-4, papier vélin, portrait et figures, br.

166. HOUSSAYE (Ars.). Les Femmes du temps passé. *Paris, Morizot*, 1863, gr. in-8, portraits gravés, demi-rel. mar. br. avec coins, fil. tête dor. ébarbé.

167. HOUSSAYE (Ars.). Merveilles de l'art flamand, renfermant dix gravures d'après Teniers, Ruysdael, Berghem, Wouwermans, Hobbema, Brauwer, Ostade, etc. *Paris, librairie à Estampes, s. d.*, pet. in-fol. 20 pp. de texte et 10 planches gravées, br.

168. HOUSSAYE (Ars.). Molière, sa femme et sa fille. *Paris, Dentu (imprimerie de Franc. Debons)*, 1880, in-fol. papier vélin.

planches gravées à l'eau-forte, portraits et vignettes tirées sur papier de Hollande, br.

Superbe publication, exemplaire de M. le prince Alex. Galitzin : ÉPREUVE D'ARTISTE.

169. HOUSSAYE (Arsène). Voyage à ma fenêtre. *S. l. n. d., Victor Lecou, éditeur (Paris, typogr. Plon fr.)*, 1851, gr. in-8. frontispice et figures dans le texte et hors texte, demi-rel. chagr. vert, plats toile, dos orné, tr. dor.

Exemplaire de PREMIER TIRAGE.

170. HUART. (L.). Muséum parisien. Histoire physiologique, pittoresque, philosophique et grotesque de toutes les bêtes curieuses de Paris et de la banlieue, 350 vignettes par MM. Granville, Gavarni, Daumier, Traviès, Lecurieur et Henri Monnier. *Paris, Beauger*, 1841, gr. in-8, vignettes dans le texte, demi-rel. chagr. bleu.

La tranche supérieure est tachée d'encre.

171. HUGO (A.). Histoire de l'empereur Napoléon, orné de 31 vignettes par Charlet. *Paris, Perrotin,* 1833, in-8, vignettes dans le texte, demi-rel. chagr. violet, tête dor. éb.

172. HUGO (Victor). Notre-Dame de Paris. *Paris, Eugène Renduel*, 1836, 3 vol. in-8, figures de L. Boulanger. Alfr. et T. Johannot, Raffet, etc., demi-rel. v. vert.

Exemplaire de PREMIER TIRAGE.

173. ILLUSTRATED (The) London News. 2 vol. gr. in-fol. texte à 3 col., nombr. figures sur bois, cart.

1er semestre 1856 et 1er semestre 1876.

174. ILLUSTRATIONS des Œuvres de Frédéric le Grand, par Adolphe Menzel, gravées sur bois par O. et A. Vogel. Fr. Unzelmann et H. Muller, 200 feuillets avec texte de L. Pietsch. *Berlin, chez R. Wagner*, 1882, 4 vol. in-fol. br.

Très belle édition. Elle se compose de 200 feuillets papier vélin, divisés en quatre volumes.
Les illustrations sont tirées sur papier de Chine.
Ces volumes sont pourvus de couvertures élégantes (cartonnage toile anglaise), exécutées d'après un dessin de Menzel.

175. JACQUEMART (A.). Botanique à l'usage des dames et des jeunes personnes. *Paris, Bélin-Leprieur et Morizot, s. d.*, in-12, front. et pl. col. texte encadré, cart. toile bl. fers spéciaux sur les plats, tr. dor.

176. JANIN (J.). L'Ane mort, édition illustrée par Tony Johannot. *Paris, Ernest Bourdin*, 1842, in-8, portrait, figures hors texte et vignettes dans le texte, demi-rel. chagr. noir.

Exemplaire de PREMIER TIRAGE, taches d'humidité.

177. JANIN (J.). La Bretagne, illustrée par H. Bellangé, Gigoux, Gudin, Isabey, Morel-Fatio, J. Noël, A. Rouargue, Saint-Germain, Fortin et Daubigny. *Paris, Ernest Bourdin, s. d.*, gr. in-8, portrait, figures dans le texte et hors texte, demi-rel. chagr. violet, fil.

Exemplaire de PREMIER TIRAGE.

178. JANIN (J.). L'Été à Paris. *Paris, Curmer, s. d.* (1843), in-8, titre, fig., vignettes sur bois et planches hors texte par Lami, demi-rel. v. bl.

PREMIER TIRAGE.

179. JANIN (J.). La Normandie, illustrée par MM. Morel-Fatio, Tellier, Gigoux, Daubigny, Debon, H. Bellangé, Alfred Johannot. *Paris, Ernest Bourdin, s. d.*, gr. in-8, portrait, figures dans le texte et hors texte, demi-rel. chagr. violet, fil.

Exemplaire de second tirage, sans la couverture en chromo.

180. JANIN (J.). Rachel et la tragédie, ouvrage orné de dix photographies représentant Mlle Rachel dans ses principaux rôles. *Paris, Amyot*, 1859, gr. in-8, figures, demi-rel. chagr. vert, plats toile, tr. dor.

181. JANIN (J.). Un Hiver à Paris. *Paris, Aubert*, 1843, in-8, vignettes dans le texte et figures hors texte par Lami, demi-rel. v. vert.

PREMIER TIRAGE, piqûres d'humidité.

182. JOINVILLE (Jean sire de). Histoire de Saint Louis, avec un texte rapproché du français moderne, mis en regard du texte original, par Natalis de Wailly. *Paris, Le Clerc*, 1867, in-8, frontispice en chromolith. demi-rel. mar. r. avec coins, dos orné, tête dor. éb. (*Cuzin.*)

183. KOCK (Paul de). La Grande Ville, nouveau tableau de Paris comique, critique et philosophique, illustrations de Gavarni, Victor Adam, Daumier, etc. *Paris*, 1842, 2 vol. in-8, fig. dans le texte et hors texte, demi-rel. cuir de R. avec coins.

Exemplaire du comte Louis Tascher de Lapagerie.

184. KUGLER (Franz). Geschichte Friedrichs des Grossen, gezeichnet von Adolph Menzel. *Leipzig, Weber*, 1840, in-8, front. et nombr. vignettes dans le texte, demi-rel. chagr. viol.

185. LA BÉDOLLIÈRE (Emile de). Londres et les Anglais, illustrés par Gavarni. *Paris, Barba*, gr. in-8, portrait de Gavarni et nombreuses figures hors texte, demi-rel. chagr. r. tête dor. éb.

186. Lacroix (P). Galerie des Femmes de George Sand, vingt-quatre gravures en taille douce sur acier, par H. Robinson. *Paris, Aubert,* 1843, gr. in-8, portraits hors texte et vignettes dans le texte, cart. fers spéciaux sur les plats, tr. dor.

187. La Fontaine. Les Amours de Psyché et de Cupidon, avec le poème d'Adonis, édition ornée de figures dessinées par Moreau le jeune, et gravées sous sa direction. *A Paris, de l'imprimerie de Didot le jeune, l'an troisième,* in-4, papier vélin et figures. — Paul et Virginie, par Jacq.-Henri Bernardin de Saint-Pierre. *A Paris, de l'imprimerie de P. Didot l'aîné,* 1806, in-4, papier vélin, portrait par Laffitte et figures de Gérard, Laffitte, Moreau et Prudhon. — Ens. 2 ouvr. en 1 vol. mar. r. dos orné, dent. tr. dor. *(Reliure de l'époque.)*

Au premier ouvrage : *Les Amours de Psyché,* on a ajouté les figures de Gérard et celles de Moreau, in-18, gravées par Delvaux, et quelques autres pièces séparées.

Au second ouvrage : *Paul et Virginie,* on a aussi ajouté quelques figures, entre autres celles de Desenne, sur chine, *avant la lettre,* une figure de Corbould et une figure de Moreau, gravées par Delignon, *avant la lettre.*

188. La Fontaine. Contes et Nouvelles, édition illustrée par Tony Johannot, Cam. Roqueplan, Devéria, C. Boulanger, etc. *Paris, Armand Aubrée,* 1839, in-8, portr. front. et figures. demi-rel. bas. r. tr. marb.

189. La Fontaine. Contes et Nouvelles en vers. *Lyon, N. Scheuring,* 1874-75, 2 vol. in-8, papier vergé de Hollande, portrait, frontispice, vignettes et culs de lampe gravés, demi-rel. mar. r. avec coins, dos orné, fil. tête dor. éb. (*Allô.*)

Bel exemplaire.

190. La Fontaine. Fables illustrées par Granville. *Paris, Furne,* 1846-47, 2 vol. in-8. frontispice et figures. chagr. r. dentelles, tr. dor.

191. La Fontaine. Gravures au nombre de soixante-quinze pour les Contes et Nouvelles en vers de La Fontaine, exécutées d'après les dessins de Chasselat, Desenne, Monnet, Séb. Leroy. *Paris, Nepveu,* in-18, 75 pièces en feuilles.

Epreuves avant la lettre.

192. La Fontaine (J. de). Œuvres complètes précédées d'une nouvelle notice sur sa vie par L. S. Auger. *De l'imprimerie de Crapelet, à Paris, chez Lefèvre,* 1814, 6 vol. in-8, portrait et figures, v. f. quadr. de fil. noirs, tr. dor. (*Dole.*)

Bel exemplaire avec les figures de Moreau de la première suite : épreuves avant la lettre.

193. La Fontaine. Œuvres complètes ornées de cent vingt gravures, d'après les dessins de Desenne, Chaudet, Huet, etc. *Paris*, *Nepveu*, 1820-1821, 18 vol. in-12, portrait et figures, demi-rel. v. f. tête dor. éb.

194. La Fontaine (J. de). Œuvres, suivies d'une notice sur sa vie et ses ouvrages, d'une étude bibliographique, de notes, de variantes et d'un glossaire, par Alphonse Pauly. *Paris*, *Lemerre*, 1875, 4 vol. in-8, portrait, front. et figures gravées à l'eau-forte d'après les dessins d'Oudry, pour les fables, et pour les contes, gravées d'après les dessins de Fragonard et de Lancret, demi-rel. mar. bl. avec coins. tête dor. éb.

195. Laurent, de l'Ardèche. Histoire de l'Empereur, illustrée par Horace Vernet. *Paris*, *J.-J. Dubochet*, 1839, gr. in-8, frontispice et nombr. vignettes gravées dans le texte, demi-rel. mar. vert avec coins, aigle impérial répété comme fleuron sur le dos. fil. (*Bauzonnet-Trautz*.)

Bel exemplaire de premier tirage, relié avec sa couverture imprimée, et non rogné.

On y a ajouté une lettre de 3 pp. autographe et signée des initiales du général Bonaparte (depuis l'empereur Napoléon), par lui adressée le 30 thermidor au citoyen Sucy, commissaire, ordonnateur à Nice, armée d'Italie.

Bonaparte, révoqué de son emploi de général de brigade de l'armée d'Italie par les représentants du peuple Albitte, Laporte et Sali, attachés à ladite armée après la chute de Robespierre, vint à Paris pour obtenir du comité de Salut public d'être remis en activité, mais le représentant Aubry, alors chargé du personnel de la guerre, ne consentit à lui donner un emploi que dans l'infanterie, ce qu'il refusa; sa lettre confirme ce fait, aussi bien que sa résidence à Paris pour solliciter.

196. Le Maout (Emm.). Botanique. — Organographie et taxonomie. — Histoire naturelle des familles végétales et des principales espèces, suivant la classification de M. Adrien de Jussieu. *Paris*, *Curmer*, 1855, in-8, planches color. et vignettes dans le texte, demi-rel. chagr. vert.

197. Lemercier de Neuville. Théâtre des Pupazzi. *Lyon*, *N. Scheuring*, 1876, in-8, papier vergé teinté, portrait de l'auteur et vignettes gravées à l'eau forte, demi-rel. mar. br. avec coins, dos orné, fil. tête dor. ébarbé.

198. Le Sage. Le Diable boiteux, illustré par Tony Johannot, précédé d'une notice sur Le Sage par Jules Janin. *Paris*, *Bourdin*, 1840, in-8, vignettes dans le texte, cart. avec la couverture imprimée.

Exemplaire de premier tirage, taches d'humidité.

199. Le Sage. Histoire de Gil Blas de Santillane, vignettes. par Jean Gigoux. *Paris*, *Paulin*, 1835, gr. in-8, vignettes dans le texte, demi-rel. veau bleu, avec coins, fil. tête dor. éb.

Exemplaire de premier tirage.

200. Le Sage. Histoire de Gil Blas de Santillane, vignettes par Jean Gigoux. *Paris*, *Dubochet*, 1838, in-8, vignettes dans le texte, demi-rel. chagr. vert.

La reliure est déboitée.

201. Le Sage. Histoire de Gil Blas de Santillane, illustrée par Jean Gigoux. — Lazarille de Tormes, traduit par L. Viardot, illustré par Meissonier. *Paris*, *J.-J. Dubochet*, *Le Chevalier*, 1846, gr. in-8, figures, demi-rel. chagr. violet avec coins, fil.

Les vignettes de Meissonier pour Lazarille sont de premier tirage.

202. Lescure (De). Les Amours de François Ier, orné d'un beau portrait gravé à l'eau forte par F. Hillemacher. *Paris*, *Ach. Faure*, 1865, in-12, demi-rel. mar. bl. avec coins, semée d'F couronnés sur le dos, tête dor. éb. *(Allô.)*

Exemplaire sur beau jésus vélin, avec double épreuve du portrait tiré sur blanc et sur chine.

203. Lescure (De). Les Amours d'Henri IV, ouvrage orné de quatre portraits dessinés d'après les originaux du temps. *Paris*, *Ach. Faure*, 1864, in-12, demi-rel. mar. bleu avec coins, semée d'H couronnés sur le dos, fil. tête dor. éb. *(Allô.)*

Exemplaire avec doubles épreuves des portraits tirés sur papier de Chine.

204. Lireux (Aug.). Assemblée nationale comique, illustrée par Cham. *Paris*, *Michel Lévy*, 1850, gr. in-8, nombr. vignettes dans le texte et figures hors texte, br. couverture imprimée.

Bel exemplaire très frais.

205. Longus. Les Pastorales, ou Daphnis et Chloé, traduction de Jacques Amyot, revue par Paul-Louis Courier, introduction par M. Henri Houssaye, figures de Prudhon et vignettes d'Eisen. *Paris*, *Jules Maury*, *s. d.*, in-4, papier vergé teinté, figures, br.

206. Longus. Daphnis et Chloé, traduction de Jacques Amyot, revue par Paul-Louis Courier, introduction par M. Henry Houssaye, figures de Prudhon et vignettes d'Eisen. *Paris*, *J. Maury*, in-4, papier de Hollande, br.

207. **Louvet de Couvray**. Les Amours du Chevalier de Faublas, nouvelle édition. *Paris, Boulland,* 1825, 4 tomes en 2 vol. in-8, figures de Colin, demi-rel. bas. f. ébarbé.

208. **Louvet de Couvray**. Suite complète d'un portrait et 18 gravures par Camille Rogier et Marckl, pour illustrer Faublas, édition Lavigne, 19 pièces in-8.

209. **Louvet de Couvray**. 6 titres par Camille Rogier et Marckl, et 46 figures pour Faublas, ens. 52 pièces gr. in-8 sur papier vélin.

210. **Maistre** (Xavier de). Œuvres avec une notice et des notes par Eugène Réaume. *Paris, Lemerre,* 1876, in-12, papier vélin teinté, portr., fig. par F. Dupont, demi-rel. mar. r. avec coins, tête dor. éb. *(Marmin.)*

211. **Martial** (A.-P.). Notes et eaux fortes, Paris intime. *Paris, s. d.,* in-fol. 60 pl. gravées à l'eau forte, br.

212. **Mary Lafon**. Rome ancienne et moderne, depuis sa fondation jusqu'à nos jours. *Paris, Furne,* 1852, gr. in-8, figures hors texte gravées sur acier, et vignettes dans le texte, br.

213. **Mille et une Nuits** (Les). Contes arabes traduits par Galland, édition illustrée par les meilleurs artistes français et étrangers, revue et corrigée sur l'édition princeps de 1701, augmentée d'une dissertation sur les Mille et une Nuits par M. le baron Sylvestre de Sacy. *Paris, Bourdin, s. d.,* 3 vol. in-8, frontispice et figures, demi-rel. veau.

214. **Molière**. Figures de Boucher pour illustrer les œuvres de Molière, gravées par Boilvin, Courtry, etc. *Paris, Alph. Lemerre,* 1874, 34 planches in-12 réunies dans un carton.

215. **Monnier** (Ant.). Le Haschish, contes en prose, sonnets et poèmes fantaisistes illustrés de trente eaux fortes, texte et gravures. *Paris, Léon Willem,* 1877, in-4, papier vélin, frontispice, figures à l'eau-forte, br.

216. **Monnier** (Henri). Scènes populaires dessinées à la plume. *Paris, E. Dentu,* 1864, in-8, papier vélin, portrait et vignettes dans le texte, br.

217. **Monselet** (Charles). Le Double Almanach gourmand pour 1866, 1867, 1868, 1869, 1870. *Paris, librairie du Petit Journal,* 5 parties en 1 vol. in-12, demi-rel. chagr. bl., dos orné, tête dor., éb.

218. **Morale** (La) en action ou les bons exemples, ouvrage exécuté sous la direction et publié sous les auspices de M. Benjamin Delessert et de M. le baron de Gérando, illustré de 120 dessins par Jules David, gravés par Chevin. *Paris, G. Kugelmann*, 1843, in-8, nombr. figures et vignettes, demi-rel. bas.

219. **Musée** du Chasseur ou Collection de toutes les espèces de gibier de poil ou de plume qu'on chasse au fusil, avec la description de leurs caractères, de leurs mœurs, etc., dirigé par un chasseur naturaliste, et lithographié d'après nature par Victor Adam. *Paris, Robin*, 1838, 2 parties réunies en 1 vol. in-4, planches en couleur, demi-rel. v. violet.

220. **Museo Campana.** Antiche opere in plastica. *Roma*, 1851, 2 vol. in-fol., papier vélin, 120 planches lithographiées et teintées, cart.

221. **Nodier** (Charles). Contes, eaux fortes par Tony Johannot. *Paris, Victor Lecou et Hetzel, s. d.*, in-8, fig. demi-rel. chagr. bl. avec coins, tr. marbr.

2e tirage, figures hors texte sur chine, avec le nom des artistes à la pointe.

222. **Nodier** (Ch.). Histoire du roi de Bohême et de ses sept châteaux. *Paris, Delangle*, 1830, in-8, vignettes dans le texte, dérelié.

Première édition.

223. **Norvins.** Histoire de Napoléon par M. de Norvins, vignettes par Raffet. *Paris, Furne*, 1839, gr. in-8, portrait, figures hors texte et nombr. vignettes dans le texte, demi-rel. veau viol. avec coins, tr. marbr.

Exemplaire de premier tirage.

224. **Nouveau** (Le) Cabinet des fées, contes choisis, précédés d'une notice sur les fées et les génies, par L. Batissier. Dessins de MM. Foulquier et Pasini. *Paris, Furne*, 1864, gr. in-8, frontispice, figures et vignettes, demi-rel. mar. br. avec coins, éb.

225. **Nuitter** (Charles). Le nouvel Opéra. *Paris, Hachette*, 1875, in-12, figures et plans, demi-rel. chagr. La Vall. éb.

226. **Old-Nick.** La Chine ouverte, aventure d'un Fan-Kousi dans le pays de Tsin, ouvrage illustré par Aug. Borget. *Paris, Fournier*, 1845, in-8, front. et figures dans le texte et hors texte, cartonnage original, non rogné.

227. OLD-NICK et GRANVILLE, petites misères de la vie humaine, par Old-Nick (Forgues) et Granville. *Paris, H. Fournier*, 1843, gr. in-8, figures et vignettes. demi-rel. chagr. viol.

Exemplaire de PREMIER TIRAGE.

228. OVIDE. Métamorphoses, traduites en vers, avec des remarques et des notes par M. Desaintange, nouvelle édition revue, corrigée, le texte latin en regard, et ornée de 141 estampes gravées au burin sur les dessins des meilleurs peintres de l'Ecole française, Moreau le jeune et autres. *Paris, Desray*, *(de l'Imprimerie de Crapelet)*, 1808, 4 vol. gr. in-8, papier vélin, portr. et fig. demi-rel. v. brun. ébarbé.

229. PARIS CHEZ SOI, revue historique, monumentale et pittoresque de Paris ancien et moderne par l'élite de la littérature contemporaine. *Paris, Boizard*. 1855, in-8, texte à 2 col. figures dans le texte, demi-cart. tête dor. éb.

230. PARIS COMIQUE. revue amusante des caractères, mœurs, modes, folies, ridicules, sottises, etc., par Huart, Michelant, Ch. Philipon et autres rédacteurs du *Charivari* et de la *Caricature*. etc., dessins comiques par Bouchot, Cham, Daumier, Gavarni, Grandville. *Paris*, *Aubert*, *s. d.*, in-4. 20 planches coloriées. cart.

231. PARIS-GUIDE, par les principaux écrivains et artistes de la France. Première partie, la Science, l'Art; deuxième partie, la Vie. *Paris*, *A. Lacroix*, *Verboeckhoven*. 1867, 2 forts vol. in-12. figures, demi-rel. chag. r.

232. PARIS. Illustrations. Albums de gravures par les premiers artistes de France, avec des textes, pièces de vers, nouvelles. etc., par Chateaubriand, Béranger, etc. *Paris*, *Pourrat*, 1858, in-8, front. et fig. gravées sur acier, chagr. viol. dos orné, comp. à fr. et dor. tr. dor.

Taches d'humidité.

233. PELLICO (Silvio). Mes Prisons, suivies du discours sur les devoirs des hommes, traduction de M. Antoine de Latour, avec des chapitres inédits, les additions de Maroncelli, et des notices littéraires ou biographiques sur plusieurs prisonniers du Spielberg, édition illustrée par Tony Johannot. *Paris*, *Charpentier*, 1843, gr. in-8, figures et vignettes, demi-rel. chagr. vert, dos orné, tr. dor.

234. PETITOT. Les émaux de Petitot, du Musée impérial du Louvre. Portraits de personnages historiques et de femmes célèbres du siècle de Louis XIV, gravés au burin par M. L.

Ceroni. *Paris*, *Blaisot*, 1862, 2 vol. in-4, portraits, cart. en toile rouge avec fers spéciaux sur les plats, tr. dor.

235. Petits Conteurs. Suite complète de 140 vignettes gravées d'après Duplessis Bertaux, tirées hors texte, format in-4, papier vergé, publiées par Leclerc.

236. Pichot (Am.). Galerie des personnages de Shakespeare, reproduits dans les principales scènes de ses pièces, avec une analyse succincte de chacune des pièces de Shakespeare et la reproduction en anglais et en français des scènes auxquelles se rapportent les quatre-vingts gravures dont cet ouvrage est orné, précédée d'une notice biographique de Shaskespeare par Old-Nick (Forgues). *Paris*, *Baudry*, 1844, gr. in-8, portraits et figures hors texte, cart. fers spéciaux sur les plats, tr. dor.

237. Prévost (L'abbé). Histoire de Manon Lescaut et du Chevalier des Grieux, édition illustrée par Tony Johannot, précédée d'une notice historique sur l'auteur, par Jules Janin. *Paris*, *Bourdin*, *s. d.* (1839), in-8, figures dans le texte et figures hors texte sur chine, demi-rel. bas. viol. non rog. éb.

Exemplaire de premier tirage; taches d'humidité.

238. Prévost (L'abbé). Histoire de Manon Lescaut et du Chevalier des Grieux. *Paris*, *Leclère*, 1860, 2 vol. in-12, papier vélin, portr. en médaillon et fig. de Lefèvre, gravées par Coiny, v. olive, fil. tête dor. éb.

239. Prévost (L'abbé). Histoire du Chevalier des Grieux et de Manon Lescaut. *Paris*, *Delarue*, *s. d.*, in-12, sur papier vergé, portrait et figures de Chauvet, demi-rel. mar. r. avec coins, dos orné, fil. tête dor. éb.

240. Prévost (L'abbé). Manon Lescaut, préface de M. de Lescure, eaux fortes de Lalauze, variantes et bibliographie. *Paris*, *Quantin*, 1879, in-8, sur papier teinté, texte encadré d'un filet rouge, portr. et figures, br.

Exemplaire sur papier du Japon avec double épreuve avant et avec la lettre.

241. Racine. Œuvres de J. Racine. 1 portrait et 12 eaux fortes, in-8, d'après les dessins de Gravelot, gravés par Louis Monziès, Martinez et Lemaire, en feuilles, dans un carton.

242. Redouté (P.-J.). Les Roses peintes, décrites et classées selon leur ordre naturel par C.-A. Thory, troisième édition

publiée sous la direction de M. Pirolle. *Paris*, *P. Dufart*, 1828. 1829, 3 vol. gr. in-8, figures en couleurs demi-rel. chagr. violet, tête dor. ébarbé.

Bel exemplaire.

243. Rétif de la Bretonne. Le Palais-Royal. *Paris*, *au Palais-Royal d'abord, et puis partout, même chez Guillot*, 1790, 3 vol. pet. in-8, 3 figures, br.

Réimpression moderne faite à Bruxelles.

244. Reybaud (Louis). Jérôme Paturot à la recherche de la meilleure des Républiques, édition illustrée par Tony Johannot. *Paris*, *Michel Lévy*, 1849, gr. in-8, figures hors texte et vignettes dans le texte, cart. perc. bl. fers spéciaux sur les plats, tr. dor.

245. Reybaud (L.). Jérôme Paturot à la recherche d'une position sociale, édition illustrée par J.-J. Grandville. *Paris*, *Dubochet*, *Le Chevalier*, 1846, gr. in-8, vignettes dans le texte et figures hors texte, demi-rel. chagr. vert.

Premier tirage.

246. Roullion Petit (F.). Campagnes mémorables des Français. ou Histoire complète de toutes les opérations militaires de la France jusqu'au traité de paix du 20 novembre 1815. *Paris*, *Bance*, 1817, 2 vol. gr. in-fol. papier vélin, portraits et planches gravées, demi-rel. chagr. vert.

247. Rousseau (J.-J.). Julie ou la Nouvelle Héloïse, vignettes par MM. Tony Johannot, E. Wattier, E. Lepoitevin, H. Baron, Karl Girardet, C. Rogier, etc., gravées par M. Brugnot. *Paris*, *Barbier*, 1845, 2 vol. gr. in-8, portrait, figures hors texte sur chine et vignettes dans le texte, br.

Premier tirage.

248. Rousseau (J.-Jacq.). Œuvres complètes. *Paris*, *A. Sautelet*, 1826, in-8 à 2 col. portr. fac-simile et figures de Johannot, v. olive, comp. à fr. tr. dor.

Edition compacte.

249. Rousseau. Suite complète de 42 gravures in-8 pour l'édition Dalibon, dont 2 portraits, J.-J. Rousseau et Madame de Warens, 42 pièces.

Epreuves sur *chine* tirées in-fol. et avant la lettre.

250. Royer (Alphonse). Histoire de l'Opéra, avec douze eaux fortes. *Paris*, *Bachelin-Deflorenne*, 1875, in-8, papier de Hollande, portraits gravés à l'eau forte sur chine, br.

251. Saint-Hilaire (Emile Marco de). Histoire populaire de la Garde impériale, illustrée de 41 gravures à part, dessinées par R. de Moraine, avec types coloriés à l'aquarelle. *Paris, Delahays*, 1854, in-8, figures, cart. toile n. fers spéciaux sur les plats, tr. dor.

252. Saint-Pierre (Bernardin de). Paul et Virginie, suivi de la Chaumière indienne. *Paris, Curmer, 25, rue Sainte-Anne*, 1838, in-8, front. et figures, demi-rel. chagr. viol. tr. dor.

Figures hors texte sur chine, avec la légende sur papier de soie.

253. Saint-Pierre (Jacques-Henri-Bernardin de). Paul et Virginie, suivi de la Chaumière indienne. *Paris, Alph. Lemerre, s. d.*, pet. in-12, titre gravé, figures de Desenne, v. f. fil. dent. int. tr. dor. *(Thompson.)*

254. Saint-Pierre (Bernardin de). Paul et Virginie, avec notices et notes par Anatole France. *Paris, Alph. Lemerre*, 1877, in-12, portr. fig. gravées à l'eau forte d'après Hedouin, demi-rel. mar. br. jans. avec coins, tête dor. éb. *(Lanscelin.)*

255. Sand (Maurice). Masques et Bouffons (comédie italienne). texte et dessins par Maurice Sand, gravures par A. Manceau, préface par George Sand. *Paris, A. Lévy*, 1862, 2 vol. gr. in-8, figures, demi-rel. mar. la Vall. tr. peigne.

Bel exemplaire en papier vélin, avec les figures en couleur.

256. Schmit (J.-P.). Les deux Miroirs, contes pour tous, illustrations par MM. Gavarni, C. Nanteuil, Français, Schlesinger, J.-P. Schmit, de Beaumont, Bertrand (de Chalon). *Paris, A Royer*, 1844, gr. in-8, frontispice, figures hors texte et vignettes dans le texte, exemplaire en ff.

Exemplaire de premier tirage, taches d'humidité.

257. Scènes de la vie privée et publique des animaux, vignettes par Grandville, études de mœurs contemporaines publiées sous la direction de M. P.-J. Stahl, avec la collaboration de MM. de Balzac, L'Héritier (de l'Ain), Alfred de Musset, Paul de Musset, Charles Nodier, Madame M. Ménessier Nodier, Louis Viardot. *Paris, J. Hetzel*, 1842-1844, 2 vol. gr. in-8, frontispice, figures hors texte, br. couvertures imprimées.

Bel exemplaire de premier tirage.

258. Sévigné. Suite complète de 25 portraits d'après Deveria, pour les Lettres de Madame de Sévigné, 25 pièces in-fol.

Epreuves sur chine avant la lettre.

259. Soltykoff (Le prince Alexis). Habitans de l'Inde, dessins d'après nature et lithographiés à deux teintes par J. Trayer. *Paris, H. Gache, s. d.*, in-fol. 42 planches, cart.

260. Soulié (Fred.). Si Jeunesse savait, si Vieillesse pouvait, orné de cent illustrations d'après les dessins de E. Giraud et Célestin Nanteuil. *Paris, Ch. Gosselin*, 1844, gr. in-8, fig. dans le texte, br.

Exemplaire de premier tirage.

261. Souvestre (Emile). Le Monde tel qu'il sera, illustré par Bertall, O. Penguilly et Saint-Germain. *Paris, Coquebert, s. d.*, 1846, in-8, figures, demi-rel. chagr. bl.

Exemplaire de premier tirage, ouvrage illustré de 80 vignettes sur bois dans le texte et de 10 gravures hors texte.

262. Stanley (Henri). A travers le continent mystérieux, ouvrage traduit de l'anglais par Mme H. Loreau, et contenant 9 cartes et 150 gravures. *Paris, Hachette*, 1879, 2 vol. in-8, portrait, figures, demi-rel. chagr. br. plats toile, tr. dor.

263. Sterne. Voyage sentimental, traduction nouvelle, précédée d'un essai sur la vie et les ouvrages de Sterne, par M. J. Janin, édition illustrée par MM. Tony Johannot et Jacque. *Paris, Ernest Bourdin, s. d.* (1841), gr. in-8, portrait, figures hors texte et vignettes dans le texte, br.

Exemplaire de premier tirage.

264. Sue (Eug.). Les Mystères de Paris, nouvelle édition, revue par l'auteur. *Paris, Ch. Gosselin*, 1843-1844, 4 vol. gr. in-8, figures, br.

Ouvrage orné d'une grande quantité de gravures sur bois dans le texte et de sujets tirés à part; figures de Daumier, E. de Beaumont, Daubigny, Dubouloz, etc.
Exemplaire de premier tirage.
Les 3 premiers volumes sont en feuilles, le quatrième a été broché.

265. Tallemant des Réaux. Les Historiettes, troisième édition entièrement revue sur le manuscrit original et disposée dans un nouvel ordre par MM. de Monmerqué et Paulin Paris. *Paris, J. Techener*, 1854, 1860, 9 vol. in-8, portraits et figures, demi-rel. v. vert, tr. peigne.

Nombreux portraits et figures ajoutés.

266. Tasse. La Jérusalem délivrée, traduction nouvelle et en prose par M. V. Philipon de La Madelaine, augmentée d'une description sur Jérusalem par M. de Lamartine, édition illustrée par MM. Baron et C. Nanteuil. *Paris, J. Mallet*, 1844, gr. in-8, portrait, figures et vignettes, demi-rel. chagr. r.

267. Théâtre lyonnais de Guignol (par Laurent et Jacques Mourguet, Louis Jausserand, Louis et Laurent Mourguet, Vuillerme-Durand) avec une introduction et des notes (par Cl.-Anne-Fr. Brouchoud). *Lyon*, *Scheuring*, 1870, in-8, papier de Hollande, vignettes dans le texte tirées en bistre, br.

2e série.

268. Topffer (R.). Nouvelles genevoises, illustrées d'après les dessins de l'auteur, gravures par Best, Leloir, Hotelin et Régnier. *Paris*, *J.-J. Dubochet*, 1845, gr. in-8, frontispice, figures hors texte, cart. tr. dor.

Exemplaire de premier tirage.

269. Topffer (R.). Nouvelles genevoises, illustrées d'après les dessins de l'auteur, gravures par Best, Leloir, Hotelin et Régnier, 2e édition. *Paris, Paulin, Le Chevalier*, 1849, gr. in-8, frontispice, gravures, demi-rel. v. f. tête jasp. éb.

Edition aussi rare que la 1re de 1845.

270. Vadé. La Pipe cassée, poème épitragipoissardiheroïcomique. *Paris*, *Leclerc*, 1866, in-8 de 58 pp. vignettes et culs-de-lampe gravés d'après Eisen, en feuilles avec couverture imprimée.

Exemplaire sur *papier de Chine*.

271. Veron (Eug.) et Aug. Lançon. La Troisième Invasion. *Paris*, *librairie de l'art et Ch. Delagrave*, 1876, 2 forts volumes in-fol. papier vélin, planches gravées à l'eau forte, exemplaire en feuille dans 2 cartons.

Première partie. De la déclaration de guerre à la capitulation de Sedan. — Deuxième partie. Le Siège de Paris. — La Guerre en province.

272. Virgilius. Publii Virgilii Maronis carmina omnia perpetuo commentario ad modum, Joannis Bond explicuit. Fr. Dubner. *Parisiis, ex typographia Firminorum Didot*, 1858, pet. in-12, texte encadré d'un filet rouge, vignettes en photograph. cart. percal. br. éb.

273. Voltaire. Candide ou l'optimisme, édition originale suivie d'une lettre de M. Démad et de notes et variantes. *Paris*, *Académie des bibliophiles (Impr. Jouaust)*, 1869, gr. in-8, portrait, demi-rel. mar. vert avec coins, fil. tête dor. ébarbé. (*Thomas*.)

274. Voltaire. Romans. *De l'Imprimerie et de la Fonderie de Pierre Didot l'aîné*, *Paris*, 1821, 3 vol. in-8, portrait et figures, v. rouge, dos orné, dent. tr. dor.

Exemplaire sur papier fin, faisant partie de la *Collection des meilleurs ouvrages de la langue francaise*; on y a ajouté 3 portraits différents de l'auteur, 13 figures de Moreau, tirage moderne sur papier teinté, 45 fig. in-8 de Monnet, pour l'édition de Bouillon (il en faut 58).

275. VOLTAIRE. Siècle de Louis XIV et histoire de Pierre le Grand, 4 figures de Moreau et 24 portraits par Saint-Aubin, ens. 28 pièces in-8, de la suite de Renouard.

276. VOLTAIRE. Suite complète de 10 portraits en pied et de 70 figures pour les Œuvres gravées d'après les dessins de Desenne, 80 pièces in-8, sur chine et avec marges.

277. VOLTAIRE. Suite complète de 2 portraits et de 22 vignettes d'après Duplessis Bertaux, publiées par Leclerc pour la Pucelle, 24 pièces sur chine volant avec marges.

278. VOLTAIRE. Figures de Moreau, publiées par Renouard pour les Contes et Romans, 32 pièces in-8, avec marges.

279. VOLTAIRE. Suite de 10 figures de Moreau, publiées par Renouard pour la Henriade, 10 pièces in-8, avec marges.

280. VOLTAIRE. Figures de Moreau, publiées par Renouard, pour la Pucelle, 21 pièces in-8, avec marges.

281. VOLTAIRE. Suite de figures de Moreau, publiées par Renouard pour le théâtre. 43 pièces in-8, avec marges.

282. VOYAGE où il vous plaira, par Tony Johannot, Alfred de Musset et P. J. Stahl. *Paris*, *J. Hetzel*, 1843, gr. in-8. frontispice, figures dans le texte et hors texte, demi-rel. chagr. br. fil.

Exemplaire de PREMIER TIRAGE.

283. VOYAGE pittoresque et militaire de Willenberg en Prusse jusqu'à Moscou, fait en 1812, pris sur le terrain même et lithographié par Albert Adam. *A Munic, chez Hermann et Barth*, 1827, in-fol. planches lithogr. demi-rel. bas. r.

Piqûres d'humidité.

284. VUES et description du jardin du Palais-Royal, publiées par Guérin et Schwartz. *Paris*, *Guérin*, 1813, texte de 16 pages et 4 planches. — Vues et description du Jardin des Plantes, publiées par Guérin et Schwartz. *Paris*, *Guérin*, *s. d.*, texte de 15 pages, 4 planches. — Ens. 2 ouvrages en 1 vol. in-4, obl. demi-rel. bas. r.

III

LIVRES DE DIVERS GENRES

---

285. AMPÈRE. L'Empire romain à Rome, 2 vol. — L'Histoire romaine à Rome (par le même), 4 vol. *Paris, Michel Lévy*, 1867-1872.— Ens. 6 vol. in-8, demi-rel. chag. r. (*Reliure uniforme.*)

286. ASSELINEAU (Charles). Mélanges tirés d'une petite bibliothèque romantique. *Paris, Pincebourde*, 1866, in-8, front. à l'eau forte de Célestin Nanteuil, demi-rel. mar. viol. avec coins, fil. tête dor. éb.

Exemplaire en PAPIER DE HOLLANDE.

287. BARBIER. Chronique de la Régence et du règne de Louis XV (1718-1763) ou Journal de Barbier. Première édition complète conforme au manuscrit autographe de l'auteur. *Paris, Charpentier*, 1866, 8 tomes en 4 vol. in-12, demi-rel. chag. r. fil.

288. BEAUMARCHAIS. Théâtre, avec notice et des notes, par Ch. Beauquier. — Le Barbier de Séville et le Mariage de Figaro. *Paris, Alph. Lemerre*, 1871-1872, 2 vol. in-12, port. mar. br. dos orné, comp. tr. dor. (*Marmin.*)

289. BERTRAND (L.). Gaspard de la Nuit. Fantaisies à la manière de Rembrandt et de Callot, précédées d'une introduction par M. Ch. Asselineau. *Paris, René Pincebourde*, 1868, gr. in-8, papier de Hollande, frontispice sur chine, br.

290. Bibliothèque de la reine Marie-Antoinette au Petit-Trianon, d'après l'inventaire original dressé par ordre de la Convention. Catalogue avec des notes inédites du marquis de Paulmy, mis en ordre et publié par Paul Lacroix. *Paris*, *J. Gay*, 1863, in-12, papier de Hollande, v. f. dos orné, fil. tr. dor. (*Petit.*)

291. Bonnassies (Jules). Les Spectacles forains et la Comédie française, avec une eau forte par Edmond Hédoin. *Paris*, *Dentu*, 1875, in-12 br.

Exemplaire tiré sur papier de Hollande.

292. Borel (Pétrus). Champavert. Contes immoraux. *Paris*, *Renduel*, 1833, in-8, vignette gravée sur lettre, demi-rel. bas. verte.

Première édition.

293. Brissard-Binet. Cazin, sa vie et ses éditions. *Cazinopolis* (*Châlons*, *imprimerie E. Martin*), 1863, petit in-12, br.

Exemplaire tiré sur papier teinté foncé.

294. Brunet (J. Ch.). Manuel du libraire et de l'amateur de livres. *Paris*, *Firm.-Didot fr.*, 1860-1865, 6 vol. in-8, texte à 2 col. demi-rel. mar. la Vall.

295. Canler, ancien chef du service de sûreté. Mémoires. *Bruxelles*, *Lacroix*, 1862, in-12, demi-rel. v. f. dos orné, tête dor.

296. Casanova de Seingalt (Jacq.). Mémoires écrits par lui-même à l'âge de 72 ans. Edition originale. *Leipsic*, *F. P. Brockhaus*, 1826-1838, 12 vol. in-12, br.

297. Catalogue des livres manuscrits et imprimés composant la bibliothèque de M. Armand Cigongne, précédé d'une notice bibliographique, par M. Leroux de Lincy. *Paris*, *L. Potier*, 1861, gr. in-8, br.

Cette précieuse collection fait partie aujourd'hui de la bibliothèque de Mgr le duc d'Aumale.
Exemplaire sur grand papier de Hollande.

298. Catalogue des livres rares et précieux composant la bibliothèque de M. G. de Pixerécourt. *Paris*, *Crozet*, 1838, in-8, br.

299. Chénier (André de). Œuvres poétiques, avec une notice et des notes, par Gabriel de Chénier. *Paris*, *Lemerre*, *s. d.*, 3 vol. pet. in-12, port. fac-simile, papier vélin teinté, demi-rel. mar. vert jans. avec coins, tête dor. éb.

Exemplaire avec les prix d'adjudication mis à l'encre rouge.

300. CHOISY (L'abbé de). Histoire de Madame la comtesse Des Barres, à Madame la marquise de Lambert. *Anvers*, *van der Hey*, 1735, in-12 de 138 pp. mar. citr. dos orné, fil. dent. int. tr. dor. (*Belz-Niedrée.*)

Histoire des aventures de l'abbé de Choisy déguisé en femme sous le nom de la comtesse Des Barres.

301. COLLECTION de Documents rares ou inédits relatifs à l'histoire de Paris. *Paris, Willem*, 1873-1877, 10 vol. pet. in-12, demi-rel. mar. r. tête dor. éb. reliure uniforme.

Estat, noms et nombre de toutes les Rues de Paris en 1636..., précédés d'une étude sur la voirie et l'hygiène publique à Paris, depuis le XIIe siècle, par Alfred Franklin. 1873. — Les Ordonnances faictes et publiées à son de trompe par les carrefours de ceste ville de Paris pour éviter le dangier de peste. 1531, précédées d'une étude sur les épidémies parisiennes par le Dr Achille Chereau. 1873, fig. — La Dance macabre des SS. Innocents de Paris..., précédés d'une étude sur le cimetière, le charnier et la fresque peinte en 1425, par l'abbé Valentin Dufour. 1874, fig. — Les Auteurs dramatiques et la comédie française à Paris aux XVIIe et XVIIIe siècles, par Jules Bonnassies. 1874. — La Fleur des Antiquitez de la noble et triomphante ville et cité de Paris, par Gilles Corrozet (1532), publié par le bibliophile Jacob. 1874. — La Comédie française et les Comédiens de province aux XVIIe et XVIIIe siècles, par Jules Bonassies. 1875. — Le Bailliage du Palais-Royal de Paris, par Ch. Desmazes. 1875. — Les Six Couches de Marie de Médicis..., racontées par Louise Bourgeois dite Boursier, sa sage-femme. Etude biographique, notes et éclaircissements par le Dr Achille Chereau. 1875, 2 portraits sur chine. — Une Famille de peintres parisiens aux XIVe et XVe siècles..., précédés d'un aperçu sur l'histoire des beaux arts en France avant la Renaissance par l'abbé Valentin Dufour. 1877, fig. — Le Calendrier des Confréries de Paris, par J.-B. Le Masson, précédé d'une introduction avec des notes, par l'abbé Valentin Dufour. 1875.

302. COLLECTION de physiologies. *Paris, Aubert, Laisné*, Lavigne, etc., 1841 et années suivantes, 11 vol. in-16, fig. cart. percal. grise, tête dor. éb.

Physiologie du théâtre, vign. de H. Emy et Birouste. — Physiologie de Robert Macaire, par J. Rousseau, illustr. de Daumier. — Physiologie de l'Homme marié, par Ch. Paul de Kock, illustr. de Marckl. — Physiologie de l'Opéra, du Carnaval, dessins de H. Emy. — Physiologie du Goût, 2 tomes en 1 vol. fig. — Physiologie de la Lorette, vign. de Gavarni. — Physiologie du Musicien, par Alb. Clerc, vign. de Daumier, Gavarni, etc. — Physiologie du Débardeur, vign. de Gavarni (il est en double). — Physiologie de l'Ecolier, dessins par Gavarni. — Physiologie du Bourgeois, texte et dessins par Henri Monnier.

303. CORRESPONDANCE inédite de Marie-Antoinette, publiée sur les documents originaux, par le comte Paul Vogt d'Hunolstein. Quatrième édition revue et augmentée d'un portrait authentique gravé par Flagmmen, d'une préface nouvelle et de nombreux fac-simile. *Paris*, *E. Dentu*, 1868, in-8, portr. et fac-simile, demi-rel.mar. bleu avec coins, fil. tête dor. ébarbé.

304. Courier (P.-L.). Œuvres complètes. Nouvelle édition, augmentée d'un grand nombre de morceaux inédits, précédée d'un essai sur la vie et les écrits de l'auteur, par Armand Carrel. *Paris*, *Paulin*, 1834, 4 vol. in-8, portr. demi-rel. chag. la Vall. tête dor. ébarbé.

305. Cousin (Jules). Le comte de Clermont, sa cour et ses maîtresses. Lettres familières, recherches et documents inédits. *Paris*, *académie des Bibliophiles*, 1867, 2 vol. in-12, papier de Hollande, portrait, br.

306. D'Argens (Le marquis). Les Nonnes galantes ou l'Amour embéguiné. *La Haye*, *Jean van Es*, 1740, in-12, v. f. fil. dent. int. tr. dor. armoiries sur les plats. (*Thouvenin.*)

Exemplaire Desq et Cigongne.

307. Demandes (Les) faites par le roi Charles VI touchant son état et le gouvernement de sa personne avec les réponses de Pierre Salmon, son secrétaire et familier, publiées avec des notes historiques, d'après les manuscrits de la bibliothèque du roi, par G.-A. Crapelet. Dix planches et fac-simile. *Paris*, *Crapelet*, 1833, gr. in-8, papier vélin, br.

De la Collection des *Anciens Monuments de l'histoire et de la langue françoise.*

308. Deschamps (P.) et Brunet (G.). Manuel du libraire et de l'amateur de livres. Supplément. *Paris*, *Firmin-Didot*, 1878-80, 2 vol. gr. in-8, texte à 2 col. br.

309. Description historique et bibliographique de la collection de feu M. le comte H. de La Bédoyère sur la Révolution française, l'Empire et la Restauration. *Paris*. *France*, 1862, in-8, portr. demi-rel. v. f.

Exemplaire tiré sur papier vert d'eau, avec un portrait du comte de La Bédoyère et un billet autographe signé du même, ajoutés.

310. Dictionnaire moderne par deux professeurs de langue verte. Troisième édition dans laquelle on a refondu la première et la deuxième édition in-18, et que l'on a augmentée d'environ sept à huit cents termes nouveaux puisés dans les meilleurs auteurs anciens et modernes. *Freetown*, *imprimerie de la Bibliomaniace compagny*, 1875, gr. in-8, papier de Hollande texte à 2 colonnes, frontispice sur chine, br.

311. Diderot (Denis). Les Bijoux indiscrets. *Au Monomotapa*, (*Paris*, 1748), 2 vol. in-12, figures, br.

312. DOCUMENTS et particularités historiques sur le catalogue du comte de Fortsas, par Emm. Hoyois. *Mons*, *Emm. Hoyois*, *s. d.* (1857), gr. in-8, demi-cart.

Exemplaire sur papier bleu.

313. FAUR. Vie privée du maréchal de Richelieu, contenant ses amours et ses intrigues, etc... *Paris*, *Buisson*, 1791, 3 vol. in-8, br.

314. FOURNIER. Histoire du Pont-Neuf. *Paris*, *E. Dentu*, 1862, 2 vol. in-12, demi-rel. chagr. vert, tête dor. ébarbé.

315. GAY (J.). Bibliographie des ouvrages relatifs à l'amour, aux femmes, au mariage... 3e édition entièrement refondue et considérablement augmentée par M. le c. d'I***. *Turin*, *J. Gay*, 1871-1873, 6 vol. in-8, demi-rel. mar. avec coins, tête dor. ébarbé.

Un des 100 exemplaires tirés en GRAND PAPIER.

316. GAY (Jules). Iconographie des estampes à sujets galants et des portraits de femmes célèbres par leur beauté..., par M. le c. d'I***. *Genève*, *J. Gay*, 1868, in-8, texte à 2 col. demi-rel. mar. r. jans. avec coins.

Exemplaire en GRAND PAPIER.

317. GAUTIER (Théoph.). Emaux et Camées. *Paris*, *Poulet-Malassis et de Broise*, 1858, pet. in-8, papier vélin, bas. verte, fil. éb.

318. GAUTIER (Théophile). Portraits contemporains. *Paris*, *Charpentier*, 1874, in-12, portr. br.

Exemplaire sur PAPIER DE HOLLANDE, avec deux épreuves du portrait, dont une épreuve, *avant la lettre, sur papier de Chine volant.*

319. HATIN (Eugène). Bibliographie historique et critique de la presse périodique française. *Paris*, *Didot*, 1866, fort vol. in-8, portr. br.

Exemplaire en GRAND PAPIER.

320. HERMAPHRODITES (Les) ou l'Ile des Hermaphrodites, nouvellement découverte. *S. l. n. d.* (*vers 1605*), in-12, titre et 197 pp. mar. r. jans. dent. int. tr. dor. (*Cuzin.*)

Satire contre les désordres de la cour de Henri III, attribuée à Arthus Thomas, sieur d'Embry, ou au cardinal Duperron.
Haut. : 139 mill.

321. JANIN (Jules). La Confession, par l'auteur de l'*Ane mort* et la *Femme guillotinée*. *Paris*, *Mesnier*, 1830, 2 tomes en un vol. in-12, figure, demi-rel. v. f. tr. marbr.

1re ÉDITION. Taches d'humidité.

322. LA COMBE (De). Charlet, sa vie, ses lettres, suivi d'une description raisonnée de son œuvre lithographique, orné d'un portrait de Charlet. *Paris*, *Paulin et Le Chevalier*, 1856, in-8, portrait, demi-rel. chagr. vert, dos orné, fil. tête dor. ébarbé.

323. LARCHEY (Loredan). Dictionnaire historique, étymologique et anecdotique de l'argot parisien, illustrations de J. Ferat et Ryckebusch. *Paris*, *F. Polo*, 1872, in-4, texte à 2 col. figures, demi-rel. mar. gren. jans. avec coins, tête dor. éb.

Un des 100 exemplaires sur PAPIER DE HOLLANDE.

324. LEBEAU (D. Car.). Fabulæ, narrationes et aliæ amplificationes. *Parisiis*, *apud Nyon*, 1782, pet. in-8, mar. r. fil. tr. dor. (*Rel. anc.*)

Armoiries d'Orléans sur les plats.

325. LEGOUVÉ (G.). Le Mérite des femmes, édition nouvelle augmentée de poésies inédites, par G. Legouvé. *Paris*, *Janet*, 1827, in-8, figures de Desenne, v. f. dos orné, ornements goth. à fr. et dor. sur les plats, tr. dor.

Taches d'humidité.

326. L'ESTOILE (P. de). Journal inédit du règne de Henri IV, 1598-1602, publié d'après le manuscrit de la Bibliothèque impériale, par E. Halphen. *Paris*, *Aubry*, 1862, in-8, v. f. dos orné, fil. dent. int. (*Armoiries du comte de Lagondie sur les plats.*)

327. LIVRES du Boudoir de la reine Marie-Antoinette. Catalogue authentique et original publié pour la première fois avec préface et notes par Louis Lacour. *Paris*, *J. Gay*, *s. d.*, in-12, papier de Hollande, v. f. dos orné, fil. dent. int. tr. dor.

Tiré à petit nombre et devenu rare.

328. MAGNY (Olivier de). Les Amours. Réimpression textuelle de l'édition de Paris, 1553, faite avec une préface par les soins de M. P. Blanchemain. *Turin*, *J. Gay et fils*, 1870, in-8, portrait, br.

Un des six exemplaires sur *papier de Chine*.

329. Mémoires d'une célèbre fille publique, ou Aventures galantes, civiles, politiques et militaires de Pauline... *Paris*, *Terry*, 1831, in-8, figure pliée, demi-rel. mar. r. avec coins, dos orné, tête dor. éb.

Petit ouvrage attribué à Edouard d'Eliçagaray et à Saint-Hilaire; c'est un pastiche abrégé des Mémoires d'une contemporaine qui avaient alors un assez grand succès.

330. Mérimée (Prosper). La Chambre bleue, nouvelle dédiée à Mme de La Rhune (l'impératrice Eugénie). *Bruxelles*, 1872, in-8 de 59 pp. papier vélin, br.

331. Murger (Henry). Scènes de la Bohême. *Paris*, *Michel Lévy*, 1851, in-12, demi-rel. chagr. r.

332. Néel. Voyage de Paris à Saint-Cloud par mer et retour de Saint-Cloud à Paris par terre. *Paris*, *Maillet*, 1865, in-12, carte, cart. percal. r.

Un des 4 exemplaires imprimés sur papier de couleur.

333. Parny (Evariste). Œuvres. *Paris*, *Debray*, 1808, 5 vol. in-12, papier vélin, mar. vert, comp. dor. et quadrillés. tr. dor.

Cachet sur les titres.

334. Petite Revue (La). *Paris*, 1863-1870, 14 vol. in-8, demi-rel. chagr. vert, tête dor. ébarbé.

Exemplaire de Poulet-Malassis.

335. Physionomies parisiennes. *Paris*, *A. Lechevalier*, 1867-1868, 8 vol. in-16, papier vél. dessins dans le texte, cart. percal. grise, tête dor. éb. *cart. uniforme.*

Cocottes et Petits Crevés, par Edouard Siebecker, dessins par Grévin. — Acteurs et Actrices, par Ch. Monselet, dessins par E. Lorsay. — Commis et Demoiselles de magasins, dessins par Hadol. — Les Joueuses, dessins par Morin. — Le Journal et le Journaliste, par Edm. Texier, dessins par Bertall. — Les Industriels du macadam, par Elie Frébault, dessins par A. Humbert. — Artistes et Rapins, par L. Leroy, dessins par Cook. — Floueurs et Floués, par Adrien Paul, dessins par Benassit.

336. Pontificale de Noyon. *S. l. n. d.*, in-fol. relié en velours viol.

Manuscrit sur vélin du xvie siècle avec musique notée, composé de 113 ff. orné de bordures sur fond or et de lettres initiales enluminées et rehaussées d'or.

Pontifical écrit au xve siècle, à l'usage de Noyon selon qu'il paroit par les Litanies ou les SS. Evesques de cette ville sont en grand nombre. (Note ms.)

Ce manuscrit est d'une conservation parfaite.

337. Portefeuille d'un talon rouge. Contenant des anecdotes galantes et secrettes de la cour de France. *Paris, de l'imprimerie du comte de Paradès, de l'an* 178* (1789), in-12 de 42 pp. demi-rel. mar. r. avec coins, fil. tête dor. éb.

L'un des pamphlets les plus rares contre la cour de France. Manuel, dans sa *police dévoilée*, nous apprend que toute l'édition ou à peu près fut saisie, mise au dépôt de la Bastille et ensuite au Pilon.

338. Prévost (L'abbé). Manon Lescaut. *Paris, Jouaust*, 1867, in-8, papier de Hollande, br.

De la Collection des romans classiques du XVIIIe siècle, publiés par G. d'Heilly et F. Steenackers.

339. Quaritch (B.). A general Catalogue of Books offred to the public at the affixed prices by Bernard Quaritch. The supplement, 1875-77. *London*, 1877, fort vol. in-8, demi-rel. mar. r. tr. peigne.

340. Rapetti. La défection de Marmont en 1814, ouvrage suivi d'un grand nombre de documents inédits... *Paris, Poulet-Malassis et de Broise*, 1858, in-8, demi-rel. mar. br. tête dor. éb. (*Lortic.*)

Exemplaire sur papier de Hollande.

341. Recueil de pièces choisies, rassemblées par les soins du Cosmopolite. *Anconne, à l'enseigne de la Liberté*, 1735, 2 vol. in-8, br.

Recueil attribué par les uns à la princesse de Conti, et avec plus de fondement à Arm. Vigneron-Duplessis-Richelieu, duc d'Aiguillon, par les autres.

Réimpression faite à Bruxelles en 1865, et tirée à petit nombre.

342. Recueil dit de Maurepas. Pièces libres, Chansons, Epigrammes et autres vers satiriques sur divers personnages des siècles de Louis XIV et Louis XV..... *Leyde*, 1865, 6 vol. in-12, br.

343. Revue anecdotique des lettres et des arts, documents biographiques, nouvelles des librairies et des théâtres..., paraissant le 5 et le 20 de chaque mois (rédigée par Lorédan Larchey). *Paris*, 1855-1862, 8 années en 15 vol. in-12, demi-rel. mar. r. jans. tête dor. éb.

344. Roederer (P.-L.). Mémoire pour servir à l'histoire de la société polie en France. *Paris, Firmin-Didot frères*, 1835, in-8, demi-rel. chagr. r. avec coins, tête dor. éb.

Taches d'humidité.

345. Rosa (Salvator). Has eludentis otii Carolo Rubeo singularis amicitiæ pignus. *S. l. n. d.*, pet. in-fol. 32 planches gravées, y compris le titre, montées sur onglets, demi-rel. mar. vert, tête dor. ébarbé.

346. Royer (Alph.) et Barbier (Aug.). Les Mauvais garçons. *Paris*, *Eug. Renduel*, 1830, 2 vol. in-8, vignettes de Tony Johannot, gravées par Porret sur les titres, demi-rel. v. f. avec coins, fil. tr. marbr.

Première édition.

347. Sade (Le marquis de). Aline et Valcour, ou le Roman philosophique écrit à la Bastille un an avant la Révolution de France, orné de seize gravures. *Paris*, *Girouard*, 1795, 8 vol. pet. in-12, figures, demi-rel. chagr. r. tête dor. ébarbé.

348. Sainte-Beuve. Livre d'Amour. *Paris*, *impr. de Pommeret et Guenot*, 1843, pet. in-8, papier vélin, 108 pp. br.

Edition originale tirée à petit nombre.

Le plus rare des livres romantiques, l'édition ayant été détruite à peu près tout entière par l'auteur.

Ce livre se compose de quarante-cinq odes, stances et sonnets, qui ne sont autres que le chant des amours de Sainte-Beuve avec Mme***, femme d'un des plus grands poètes de notre siècle, morte aujourd'hui.

Quelques-unes des pièces dont il se compose ont été reproduites par le poète dans la dernière édition de *Joseph Delorme*.

349. Sand (G.) et Musset (Paul de). Elle et Lui. *Paris*, *L. Hachette*, 1859. — Lui et Elle. *Paris*, *Charpentier*, 1860, ens. 2 vol. in-12, demi-rel. peau de truie, avec coins, filets à froid, éb. (*Reliure uniforme.*)

350. Sue (Eugène). Les Mystères du peuple ou Histoire d'une famille de prolétaires à travers les âges. *Bruxelles*, *A. Lacroix*, 1864-1865, 12 vol. in-8, br.

351. Viton de Saint-Allais. Empire français. Histoire de l'ordre de la Légion d'honneur. *Paris*, *C. F. Patris*, 1811, in-4, papier vélin, 2 planches en couleur, br.

352. Vivant Denon. Point de lendemain, réimprimé sur le texte original de 1777 et orné de fleurons spéciaux dessinés par Marillier, notice par A.-P. Malassis. *Paris*, *Liseux*, 1876, in-12 de 59 pp. papier de Hollande, br.

32 planches gravées, y compris le titre, montées sur onglets.

353. Voltaire. Œuvres complètes. Edition dédiée aux amateurs de l'art typographique. *Paris, Leroi, imprimerie de J. Didot aîné*, 1833, 4 forts vol. in-8, portraits et figures, veau olive, fil. compart. à froid, tr. marb.

Edition compacte, texte à 2 col.

Mâcon, imp. typ. et lith. Protat frères.

www.ingramcontent.com/pod-product-compliance
Ingram Content Group UK Ltd.
Pitfield, Milton Keynes, MK11 3LW, UK
UKHW021948260726
13994UKWH00004B/1613

9 782329 388373